어른이 되고 싶지 않아
그 언젠가 너에게 들려주고 싶었던 '나' 이야기



가족일수도, 친구일수도, 연인일수도,

스치는 인연일수도 있는 '너'에게

말하고 싶었지만 하지 못했던,

어쩌면 이 글을 읽고 있는 '당신'도 공감할지 모를

비밀스러운 '나'의 이야기

# 어른이 되고 싶지 않아

초판 1쇄 발행 | 2019년 10월 30일

지은이 | 권화정
펴낸이 | 공상숙
펴낸곳 | 마음세상

주 소 | 경기도 파주시 한빛로 70 515-501

신고번호 | 제406-2011-000024호
신고일자 | 2011년 3월 7일

ISBN | 979-11-5636-371-2 (03810)

원고투고 | maumsesang@nate.com

* 값 13,200원

이 도서의 국립중앙도서관 출판예정도서목록(CIP)은 서지정보유통지원시스템 홈페이지(http://seoji.nl.go.kr)와 국가자료종합목록 구축시스템(http://kolis-net.nl.go.kr)에서 이용하실 수 있습니다. (CIP제어번호 : CIP2019040232)

어른이 되고 싶지 않아




권화정




마음세상

# 어른이 되고 싶지 않다는 것의 의미

어른이 되면 내가 아무것도 아닌 사람이라는 사실을
인정해야할 것 같아서 무섭다.
어른이 된다는 건 마음이 더 단단해져서
쉽게 흔들리지 않는 강한 사람이 되는 것이라고 생각한다.
그런데 아주 사소한 일에도 쉽게 상처받고 눈물 흘리는
어린 나는 강한 어른이 될 수 없을 것만 같다.

그래서 어른이 되고 싶지 않다.

# 들어가며

나는 처음부터 작가를 꿈꾸는 사람은 아니었다. 그저 글 쓰는 것을 좋아하는 정도였다. 고등학교 때부터 조금씩 글을 쓰기 시작했다. 매일 일기처럼 쓴 건 아니고 밤 10시에 학교 끝나고 집에 오는 버스 안에서 그날 하루 기록하고 싶은 생각이나 감정이 있을 때 휴대폰 메모장에 글을 쓰곤 했다. 20대가 된 지금도 지치고 마음이 힘들 때 종종 글을 쓰곤 하는데 내가 쓴 글 대부분이 어두운 느낌이 드는 것은 바로 이 때문이다.

이 책에 수록된 대부분의 글은 내가 깊은 우울을 겪고 있었다고 생각되는 약 2년간 쓴 글들이다. 나와 비슷한 감정 때문에 마음이 불안하고 힘든 시기를 보내는 사람들이 내 글을 읽고 공감하고 위로받을 수 있으면 좋겠다는 생각이 들어서 책으로 펴내고자 한다. SNS나 블로그를 통해 글을 공유하는 방법도 있지만 이렇게 책으로 출간하고자 하는 것은 종이책이 주는 매력이 크다고 생각하기 때문이다. 책의 디자인, 종이를 넘기는 느낌, 좋아하는 구절을 표시하면서 읽는 즐거움, 시간이 흘러 다시 책을 보았을 때 느껴지는 그리움과 그때의 추억 등등. 그래서 내 글이 한 권의 책으로 나오면 좋겠다는 막연한 생각과 함께 작가를 꿈꾸게 되었다.

나는 진심으로 내 글이 마음이 힘든 인생을 사는 사람들에게 위로가 되기를 바란다.

셋. 생각
너와 공유하고 싶은 나만의 느낌

넷. 사랑
소중하기에 아껴주고 싶은 너

에필로그. 내 삶을 살아간다
그 여행의 끝에서는 멋있는 어른이 되어있기를 바라며

# 나의 이야기, 여러분과 친해지기 위한 0단계

안녕하세요. 저는 매일같이 무표정한 시간을 보내고 있는 여자 사람입니다. 누구에게도 쉽게 털어놓지 못했던 저의 이야기를 짧게 들려드리고자 합니다. 제 글이 두서없고 너무 추상적이어도 이해해주시길 바랍니다.

저는 24살 대학생입니다. 제 나이 또래 사람들은 모두 취업 준비를 하는 중요한 시기인데요, 결론적으로 말씀드리자면 저는 취업을 위해 별다른 노력을 하고 있지 않은 상태입니다. 남들이 들으면 핑계처럼 들릴 수도 있지만, 그저 먹고 살기 위해 취직을 한다는 것이 저에게는 무의미하게 느껴집니다. 돈이 있어야 남들만큼은 먹고살 수 있고, 돈이 있어야 가족들에게도 짐이 되지 않는다는 것은 너무나 잘 알고 있습니다. 그런데 오직 그러한 이유로 전혀 관심도 없는 직장에 취직해서 꽤 긴 시간 회사를 위해 일을 해야 한다는 사실이 너무 싫습니다. 그렇다면 제가 원하는 일을 하기 위해 무엇을 하고 있냐고 물어보시겠지만, 학교 다니는 것 말고는 정말 아무것도 하고 있지 않습니다. 더 솔직히 말하면 저는 사실 생산적인 사람이 되고 싶습니다. 평범하게 정상적인 하루를 살아가고, 내가 어딘가에 필요한 사람이 될 수 있다면 어떤 일이든지 상관없다는 생각이 들 정도로 일을 하고 싶습니다. 관심 없는 직장에 취직하고 싶지 않다는 말과는 모순되는 얘기이지만 둘 다 저의 진심입니다. 그렇지만 팩트는 저는 지금 아무것도 하고 있지 않다는 것이죠.

저는 매일매일 우울감을 느낍니다. 우울감을 느낀 지는 꽤 오래된 것 같습니다. 약 2년~3년 정도라고 생각합니다. 무기력하기도 합니다. 충분히 잠을 자도 온종일 피곤하고 몸에 에너지가 하나도 없어서 계속 눕게 됩니다. 우울감이나 무기력함이 아주 심할 때는 오후까지 계속 누워있거나 낮잠을 오랫동안 잘 때도 있습니다. 아침에는 내가 왜 눈을 떠야 하는지, 왜 이부자리에서 나와야 하는지 몰라서 너무 슬프고, 오전과 오후에는 내가 무엇을 해야 하는지 몰라서 슬픕니다. 당장 취직을 위해 노력해야 하는데 뭘 해야 할지도 모르겠고 아무것도 하고 싶지가 않습니다. 특히 공부는 진절머리가 납니다. 밤에는 내 하루가 너무 불만족스럽고 아쉬워서 잠들기가 싫습니다. 오늘 아무것도 한 게 없는데 자버리면 오늘은 영영 끝이라는 생각에 잠자리에 누워서 또 웁니다. 1년 365일 이런 것은 아닙니다. 괜찮을 때도 있으니까요. 하지만 2~3년 동안 이런 생활패턴이 반복되어 왔습니다. 초반에는 이런 저의 모습을 심각하게 생각하지 않았습니다. 내 성격이려니 하고 말았습니다. 그리고 어느 정도 시간이 지난 후에야 내가 정상적이지 않은 것 같다는 생각이 들었습니다.

가장 상태가 좋지 않았을 때는 23살 여름쯤이었던 것으로 기억합니다. 그때는 스스로 무서운 느낌이 들기도 했습니다. 저의 내일이 잘 그려지지 않았고, 미래를 상상하면 제가 없는 세상만 그려졌습니다. 미래의 세상에 제가 없다는 사실이 너무 슬펐습니다. 저는 건강하게 오래오래 살고 싶은 사람인데 말이죠.

가끔은 이런 느낌도 들었습니다. 차가 멀리서 나를 향해 달려오는데 그걸 보고도 피하지 않을 것 같은 느낌, 누가 나한테 흉기를 들이대며 위협해도 반항하지 않을 것 같은 느낌. 너무 에너지가 없어서요. 다행히 지금은 그 정도는 아닙니다. 지금은 차가 오면 당연히 피해야 한다고 생각하니까요. 하지만 우울하고 무기력하고 아무것도 하고 싶지 않은 것은 지금도 마찬가지입니다. 생산적인 일을 하고 싶은데 아무것도 하고 싶지 않습니다. 뭐라도 하고 싶은데 아무 노력도 하고 싶지 않습니다. 이상한 말인 거 아는데 제 마음이 그렇습니다. 병인가 싶다가도 그냥 저 자신이 게으르고 의지가 약하고 생각이 너무 많아서 그런 것 같기도 합니다. 뭐라도 하면 되는데 하기 싫어서 안 하는 게 아닌가 싶기도 하고요. 머리가 복잡합니다.

24살이 되고 나니 조금은 초조해집니다. 이런 상태로 인생을 허비하고 싶지는 않습니다. 저도 매일매일 웃으며 정상적인 생활을 하고 싶습니다. '나는 왜 살지?'라는 생각도 더는 하고 싶지 않고요. 저는 어떻게 해야 할까요?

정말 힘들고 아픈 얘기는 다른 사람에게 털어놓기 쉽지 않습니다. 가족이나 친한 친구처럼 가까운 사람일수록 더욱 말을 꺼내기 어렵죠. 이 우울한 감정을 어떻게 말로 표현해야 할지도 모르겠고, 내가 도움이 필요할 만큼 우울감이 심한 상태인지도 확신하기 어려울 때가 많습니다. 더군다나 나에게 있어 가깝고 소중한 사람에게 걱정 끼치고 싶지 않은 마음도 큽니다. 결국 혼자서 복잡한 감정들을 끌어안고 매일같이 무표정한 시간을 반복하게 됩니다. 저처럼 다른 사람들에게는 쉽게 얘기하지 못하는 우울한 시간을 겪고 계시는 분들께 공감과 위로를 보내고자 이 책을 씁니다. 여러분들의 복잡한 마음이 조금이나마 정리되었으면 하고, 또 주변 사람들에게 하기 힘든 얘기들을 이 책이 대신 전해줄 수 있었으면 좋겠습니다. 진심으로 여러분들이 행복하기를 바랍니다.

하나.

상처
소중해서 더 슬프고, 아팠던 작은 마음

# 공감

—

그럴 때가 있지.
살다 보면 너무 힘들어서 누군가에게 기대고 싶을 때.

그럴 때면 나와 가장 가까운 사람
그리고 나를 가장 이해해줄 사람을 찾게 되고
'이 사람은 나를 이해해주겠지.'라는 생각으로
그동안 참아왔던 힘든 마음들을 조심스럽게 털어놓지.
그런데 내 얘기를 들은 그 사람은 늘 내가 듣고 싶은 대답을 해주진 않아.
그 누구보다 훨씬 더 차가운 표정으로 냉정하게 얘기하지.
"약한 소리 하지 마."

시간이 흘러서 그 사람은 이런 얘기를 해.
"다 널 위해서였어. 네가 그 힘듦을 잘 이겨내라고,
더 강해지라고 한 말이었어.
그래서 그랬어."

그런데 나는 그때 너의 말에, 너의 표정에, 날 대하는 너의 단호한 태도에 참 많이도 외로웠어.

스스로가 한심하게 느껴지고 내가 이상한 사람인 것처럼 느껴졌어.

이제 와서 그런 게 아니었다는 너의 말이 진심으로 느껴지지 않을 정도로

상처받고, 바닥으로 떨어진 내 자존감은 지금도 여전히 그대로야.

그러니까 앞으로 또 다른 누군가가 너에게 힘듦을 꺼내놓으면

그때는 끝까지 들어줘. 조금 더 이해해주고 공감해줘.

그렇게 건넨 너의 따뜻한 말 한마디가 그 사람에게 더없이 큰 힘이 될 거야.


네가 약해질까 봐 일부러 차갑게 대한 거라는 말,

이제 그런 말도 안 되는 말은 하지 말자.

# 그리울 리가 없잖아

—

우연히 나랑 마주치지 말아줘.
혹시 마주쳐도 잘 지내는 모습 보이지 말아줘.

아무렇지 않게 메시지 보내지 말아줘.
주변에서 네 소식 들리게 하지 말아줘.

마음대로 좋은 추억이라고 하지 말아줘.
가끔이라도 내 생각하지 말아줘.

사실은 내가 보고 싶었다는 말 하지 말아줘.
그 시절 우리가 그립다는 말 하지 말아줘.

내가 웃으면서 "나도."라고 대답해도 믿지 말아줘.
거짓말이야.

이유도 모른 채 멀어진 사람이 그리울 리가 없잖아.

# 나를 위해서

—

나는 안다. 나도 알고 있다.


너에게 믿음을 주지 못한 나 역시
내가 너를 원망하는 이유라는 걸.


나는 네가 너무 밉다.


결과가 어떻게 되든
내가 스스로 선택할 기회를 줬다면
그것이 잘못되더라도 나 자신을 원망할 텐데.


나는 이제 모르겠다.


네가 한 모든 게 나를 위한 것이었다면
내가 널 미워하는 마음까지도
같은 마음으로 그냥 받아주길.
그조차도 나를 위해서.

## 나쁜 습관

—

너는 다른 사람을 지적하는 나쁜 습관을 버려야 해.
넌 온종일 다른 사람의 잘못된 점만 찾고 있는 듯해.

완벽하지 않은 건 누구나 마찬가지야.
너 역시 몇 가지 허점을 갖고 있지만
사람들은 굳이 그걸 지적해서 네 기분을 상하게 하진 않아.

너는 깨달을 필요가 있어.
너의 그 짜증 섞인 말들은
행복으로 가득 찬 모두의 하루를 금세 불행한 하루로 만들어버려.

이 사실을 네가 인정하지 않는다면
나중엔 아무도 너를 좋아하지 않을 거야.

# 남

—

네가 다른 사람들 사이에서 행복해하는 모습을 보는 게 힘이 든다.

너는 나 없이도 충분히 행복할 수 있는 사람이라는 걸 새삼 느끼게 돼버려서 싫다.

나는 이렇게 마음이 아픈데 너는 그렇게 해맑게 웃을 수 있다는 사실이 짜증이 난다.

결국 나도 너에게 남일 뿐이라는 생각에 눈물이 날 것만 같다.

## 내가 사는 세상

—

내가 좋아하는 사람에게 난 그 정도가 아님을 알게 될 때,
내가 특별하게 생각하는 사람에게 난 평범한 사람임을 알게 될 때,
영원할 것 같았던 우리 사이가 오늘이 마지막임을 알게 될 때,
그리고 나의 슬픔이 매력적인 노래 소재가 되어
많은 이들의 눈물로 번져감을 느낄 때.

문득 내 마음속에서 무언가 자라나는 데
그건 내가 사는 세상이었다.

# 너는 너 나는 나

—

어제까지도 나는 몰랐었는데,
오늘 아침까지도 나는 몰랐는데
이제야 알게 됐어.

너는 나와 같지 않다는 걸.

괜히 나 혼자 들떴었던 거야.
내가 웃을 때면 너도 웃어주고
내가 아플 때면 너도 아파하고
늘 내 옆에서
내 곁에 있어 주어서
너도 나와 같은 줄만 알았어.

아니었던 거야.

우린 같은 곳에 있지만
다른 생각

다른 기분으로,

너는 나를 몰랐고

나는 너를 몰랐고

우린 서로를 알지 못했고


그래서

상처만 늘고 말았어.

# 너와 내가 무엇이든

—

네가 내가 아니듯
나는 네가 아니다.

너를 내 마음대로 할 수 없듯
너도 나를 마음대로 할 수 없다.

네 감정이 중요하듯
내 감정도 중요하다.

그래서
네가 너의 길을 가듯
나는 나의 길을 간다.

너와 내가
어떤 사이든.

# 네가 싫은 건 아냐

—

내가 요즘 그랬지.
넌 늘 그랬고.

나는 잘 모르겠어.
내가 가진 기대를 이제는 포기하는 게 맞는 걸까
아니면 부딪치더라도 계속 기대하는 게 맞는 걸까.

포기하고 나면 너와 나의 거리는
지금 딱 이만큼.

여기서 더 가까워지지 못하고
어쩌면 점점 멀어져가겠지.

그렇게 시간이 지난 어느 날
힘들었던 기억이 희미해진 어느 날

그때 남아있는 건

다행일까, 후회일까?


분명한 건

내가 지금 어떤 선택을 하든

그건 절대 후회하지 않기 위함이라는 걸


언젠가

내 마음이 너에게 닿으면

너도 알아주길.

나는 그 누구도 절대 미워하지 않았다는 걸.

# 반복되는 패턴

—

"즐겁자고 하는 일인데 너 때문에 하나도 즐겁지가 않아.

제발 짜증 좀 그만 내.

별거 아닌 일인데 너 때문에 나도 짜증이 날 지경이야.

분명 일어날 수 있는 일이고 가볍게 넘기면 되는데 왜 늘 문제로 만드는 거야?

나는 우리가 그것을 준비하는 시간도 즐겁기를 바랐어.

나는 기분이 상하고 싶지도 않고 이 순간을 안 좋게 기억하고 싶지도 않아.

그런데 네가 짜증내고 화내고 불평불만 할수록 나는 그냥 아무것도 하고 싶지 않아져.

뭘 위해서 하는 건지 이제는 그 의미를 모르겠다고.

다 귀찮아졌어. 없던 일로 하자."

# 별

—

아주 깜깜한 밤
나를 비추는 저 달빛이 난 싫어.
손을 뻗으면 닿을 듯한 저 별빛도 난 싫어.

어둠으로 물든 세상에서
가장 아름답게 빛나는 것처럼 나를 속여 놓고
결국엔 내 것이 되어주지는 않는걸.
내 앞에 있는 너처럼.

차라리 네가 정말로 밤하늘의 별이었으면 좋겠어.
회색빛 물든 도시의 숲에서
뿌연 먼지에 가려 보이지 않게.

언젠가 화려한 빛을 반짝거리더라도
난 그저 '별이구나.' 하겠지.

# 실망

—

제일 듣기 싫은 말.

"실망이야."

네 마음대로 기대하고
네 마음대로 실망하고.

나도 너한테 실망이야.

# 악플러

—

블라블라~ 블라블라~

너 내 마음 모르잖아.

진짜 내 모습 모르잖아.

네 기준으로 나를 함부로 판단하지 마.

# 어른들은 몰라요

—

내가 여기 있다.
처음부터 여기 있었다.

분명 어른들 눈에도 내가 보였을 텐데
어른들은 나를 앞에 두고 내 얘기를 한다.

내가 '쟤'가 되는 순간
내 마음은 주저 없이 그 자리에서 뛰쳐나왔다.

어른들은 나를 잘 모른다.
사실은 나에게 별로 관심도 없을 것이다.

그들이 나에 대해 다 아는 척하며
나를 가르치려 드는 그 말들이
무식하기 그지없음을 알지만

이미 밥상 위의 반찬이 되어버린 내 이름과

상처받은 내 마음은
이내 어른들에게서 등을 돌린다.


나이가 많아서
나보다 윗사람이라서
어른이라는 이유로
다른 사람을 함부로 평가해서는 안 된다는 것을
어른들은 모른다.


내가 어른들을 싫어한다는 것도
아마 모른다.

# 전염병

—

괜찮지 않으면서 괜찮은 척하는 게
얼마나 바보 같은 일인지.

누구처럼 섭섭했다, 속상했다
말 못 하고 혼자 앓는 게
얼마나 어리석은 일인지.

그런데도 말하지 못하는 건
너도 나처럼 아프게 될까 봐.

# 조각난 마음

—

무조건적인 믿음
온전한 신뢰라는 건 없다.


너와 나 사이가 무엇이든.


너는 모든 것이 내 잘못인 듯 말했지만
나를 진짜 믿긴 했는지.
시작부터 안 될 것 먼저 생각한 건
진짜 너는 아니었는지.


내가 너를 미워하는 건
내가 너를 원망하는 건


내 진심을 너무 가볍게 생각한
너라는 이유 때문이다.

# 좁혀질 수 없는 거리

—

당신은 나와 대화할 생각이 없다.

진정 내 얘기를 들을 준비가 되어있다면
그 표정
그 말투
그 대답은
모든 타이밍에서 오답이다.

당신은 나를 제대로 본 적이 없다.

진정 나를 제대로 보고 있다면
내 마음을 읽고도 내가 누구한테 더 큰 기대와 믿음을 가지고 있었는지
그렇게 모를 수가 없다.

그래서 당신과 나 사이의 거리는
지금 우리가 느끼는 딱 이만큼이다.

# 좋아한다는 것

—

나를 좋아하던 네가

늘 나와 함께하려던 네가

나와 가장 친한 친구가 되고 싶어 했던 네가 나는 좀 부담스러웠는데…….


나는 너의 것이 아닌데 나를 너의 것으로 만들려고 했던 네가

나는 너무 힘들고 짜증이 났다.


네 옆에 있으면 나는 변해야만 하는 사람이 되는 것 같았고

그때의 나는 좋은 사람이 아닌 느낌이 들었다.

네가 나를 진짜 좋아하는 건지조차도 잘 모르겠더라.

지금의 넌 너만큼 나를 좋아해 준 사람은 없었을 거라고 얘기한다.

모르겠다, 내가 그렇게 매력이 없는 사람인지.


그런데 너의 말을 들었을 때,

내 머릿속에는 다른 사람이 생각나더라.

분명한 건 그 사람은 늘 나를 진심으로 대해준다는 것

나는 그런 그 사람을 아주 많이 좋아한다는 것이다.

## 편지

—

나는 편지 쓰는 것을 좋아한다.
편지란 내가 너에게 하고 싶은 말을 말로 하기 어려울 때,
말로 다 표현할 수 없을 때 내 마음을 전하는 수단이니까.
그런데 가끔 내 편지를 귀찮게 여기는 너를 보면 서운하다.
너에게는 단순한 글이 써진 종이인지 모르지만
나에게는 마음이 담긴 성의인데.

평소에 대화가 부족하다며,
서로를 알아갈 시간이 부족하다며 투덜대는 너를 위해
오랜 시간 고민해가며 써 내려간 긴 글이
너에게는 의미 있게 느껴지지 않는 걸까?

어떻게 해야 내 마음이 너에게 닿을 수 있을까.

# 흉터

—

너한테는
다 지난 일인지 모르겠지만

나한테는

그때 그 순간
그때 그 감정
그때 그 상처가
그대로 남아서

괜찮은 척
아무렇지 않은 척

너를
다시 볼 수가 없어.

둘.

우울
너에게 말하지 못했던 나의 진솔한 이야기

# 1년

—

시간은 참 빠르게 지나간다.

지나온 시간만큼 나는 무언가를 이뤄내야만 했을까.


나는 아무 말도 하지 않았다.

그러니 당신이 의미 있는 무언가를 기대하고 있다는 것을 충분히 이해한다.

나는 오랜 기간 마음이 아팠고

의지를 다지고 다시 무너지고

힘을 내고 또다시 좌절하면서 너무 지쳐버렸다.

실패적인 하루하루를 반복하면서

나는 오늘을 살지 못했다.

오늘이 힘이 들고 우울하면 오늘을 버리고 내일을 기다렸다.

다음날도 그다음 날도 우울하지 않은 내일을 기다렸다.

나에게 온전한 오늘은 없었다.

단순히 내 문제였다고 생각하지는 않는다.

그건 우리 모두의 문제였다.

아무튼 내 시간과는 상관없이 늘 그렇듯 세상의 시간이 무심하게 흘러가는

동안

나는 그 무엇에도 집중하지 못했다.

내 감정을 이기지 못했다.

나에게 의미 없는 시간이 지나가는 동안

당신은 나에게 의미 있는 일들을 기대하고 있었고 나는 분명히 알고 있었다.

그래서 나는, 아무것도 보여주지 못한 나를 보고 실망하는 당신에게 서운해 해서는 안 된다.

머리로는 알고 있는데 마음은 그렇지 않아도, 당신에게 섭섭한 감정을 드러내서는 안 된다.

여기까지 오기 전에 나는 당신과 단둘만의 시간을 가져야 했다.

당신과 마주하고 대화를 시도해야 했다.

시간은 있었는데 피하기 급급한 시간뿐이었다.

결국 나는 당신을 실망하게 하겠지만 나 자신에게 실망하지는 않을 것이다.

그때는 정말 힘들었고 그럴 수밖에 없었으니까.

지금 다시 시간을 되돌린다 해도

여전히 나는 그 아픔을 극복해낼 자신이 없다.

누구의 잘못인지 모르겠다.

긴 시간 동안 나는 정말 아무것도 이루지 못한 걸까?

나는 무언가를 이뤄내야만 했던 걸까?

앞으로 어떻게 발전해 나가야 하는 걸까.

나는 당신과 단둘이 있을 수 있는 밤, 익숙하지 않은 조용한 공간에서 서로를 마주 보고 대화를 해야만 한다.

## 갈 곳 없는 마음

—

마음이 힘들어서 내려 온 고향이다.

이틀째까지는 잠시나마 기분이 좋았다.

하지만 시간이 조금 지나고 나니 내 마음은 다시 지옥이 되었다.

내 마음은 한 번도 나를 떠난 적이 없기 때문이다.

내 마음은 어디에도 갈 곳이 없다.

그래서 나 역시 어디로도 도망칠 수 없다.

# 감기몸살

—

아침부터 정신이 몽롱했다.
피곤이 가시지 않은 채로 하루를 보내면서
멍하다가 우울하다가 센치하기를 반복했다.


버스 안에서는 이별 노래만 주구장창 들었다.
왠지 모르게 눈물이 날 것 같은 순간의 연속이었다.
그냥 그런 울적한 기분이 들었다.


저녁이 되니까 이마에서 열이 나고
온몸에 한기가 돌기 시작했다.


나는 서러운 기분에 휩싸였고
온종일 애써 참아왔던 눈물이 터져버렸다.


그제야 생각했다.


'아, 내가 지금 몸이 안 좋구나……'.

감기몸살이 오려나…….

그래, 내가 몸이 아파서 마음이 약해진 거야.'

그러고는

캄캄한 방 안에 돌아누워서

실컷 울어버렸다.

# 공허해

—

밤이 되면 어김없이 나를 찾아오는 묘한 느낌.

하늘이 캄캄해져서,
밖이 조용해져서,
소리 없이 텅 빈방 안에 나 홀로 남겨져서,
자고 일어나면 오늘이 사라질 것을 알아서,
수백 가지 생각이 스쳐 지나가든
수만 가지 감정이 스쳐 지나가든
어차피 내가 할 수 있는 건 아무것도 없다는 것을 알아서.

그게 아니면
내가 왜 공허한지 나도 몰라서
그래서 드는 느낌.

나 말고는 아무도 모를 그런 느낌.

# 그날의 분위기

—

나는 그날의 날씨에 따라 자주 기분이 좌우되고는 한다.
하늘이 맑고 화창한 날에는 마음이 가볍고 기분이 평온해서
산뜻한 하루를 보낼 때가 많다.
하지만 하늘이 흐리거나 비가 오는 날에는
마음이 무겁고 기분이 울적해서 우울한 하루를 보낼 때가 많다.

아주 가끔은 날씨와 기분이 상반되기도 한다.
날씨가 너무 좋은 날이면 오히려 내 기분은 더 우울해진다.
하늘은 너무 맑고 화창한데 내 기분이
그 밝은 분위기를 따라가지 못해서 마음이 더욱 힘들어지는 느낌이랄까.
그런 날은 여느 때보다도 더 기운 빠지는 하루가 된다.
이건 마치 내 주변 사람들은 하하 호호 즐거운 시간을 보내고 있는데
나는 그들의 밝은 기운을 따라가지 못해
혼자 우울하게 겉도는 느낌과 비슷하다.

날씨가 뭐길래 이렇게 내 기분을 들었다 놨다 하는지.

때때로 아주 그리운 향기를 품은 바람이 나를 스쳐 지나갈 때면

눈물이 쏟아질 것만 같이 울컥할 때가 있는데

그럴 때는 날씨가 나를 슬프게 만드는 것 같기도 하지만

어쩌면 날씨는 내 감정에 가장 솔직할 수 있는 시간을 가져다주는

그 날의 분위기인 것 같기도 하다.

# 기본속성

—

나는 기본적으로 우울한 사람인가 봐.
나도 늘 밝은 사람이고만 싶고
좋은 생각만 하면서
즐겁게 웃으며 하루를 보내고 싶은데
그냥 우울한걸.

혼자 길을 걷다 보면 그렇게 쓸쓸할 수가 없어.
건조하게 부는 바람에 왠지 슬픈 기분에 휩싸이고
금방이라도 펑펑 눈물을 쏟아낼 수 있을 것만 같은 생각이 들어.

나는 원래 슬픈 사람인가 봐.
딱히 무슨 일이 있는 건 아닌데
마음이 그렇게 아려온다.
누군지 모를 어떤 이가,
뭔지 모를 어떤 순간이
그렇게 그리워.

# 기약 없는 약속

—

너와 대화하다 보면 너는 너와 내가 함께할 시간이 아직 많이 남아있다고 생각하는 것 같다.

어쩌면 그게 정상적인 생각일지도 모른다.

하지만 나는 내 미래가 잘 보이지 않아서 늘 초조한 마음이다.

나도 너와 오랫동안 함께하고 싶지만, 왠지 나중은 없을 것만 같다.

그래서 지금 같이 있고 싶고, 오늘 너와 추억을 만들고 싶고, 당장 행복해지고 싶다.

너와 많이 얘기하고 싶고, 많은 곳을 같이 다니고 싶지만 너는 아주 이성적이고 현실적인 사람이라는 걸 알기에 쉽사리 말을 꺼낼 수가 없다.

조심스럽게 얘기를 꺼내면 너의 입에서 돌아오는 대답은

"나중에", "여유 있어 지면", "다음에 봐서"

늘 이런 식이다.

너는 우리가 함께할 삶의 길이가 여전히 길다고 생각하는 듯하지만

하루하루가 불안한 나는 마음속으로 생각한다.

'내가 살아갈 이유를 정말 모르게 되면 내 삶의 마지막은 언제든지 찾아올 수 있어.

그렇게 애매모호한 약속이라면 차라리 거절이 나아.'

# 끝없는 하루

—

소리 없는 밤
아주 컴컴한 방 안 침대에 누워
보이지도 않는 천장을 바라보다
쉽게 잠들지 못해 뒤척이고
용건도 없는 핸드폰만 뒤적이고
그러다 문득 허한 마음이 들면
밀려오는 외로움과 두려움에 눈물 글썽이죠.

분명 오늘 잠자리에 누웠는데
왜 여기엔 내일의 내가 누워있는지.

엄마,
밤하늘에 별이 안 보여요.
달은 저렇게 빛나는데
오늘의 달과 내일의 달이
별빛을 앗아가 버렸나 봐요.

별이 있어야 할 곳에
누가 저렇게 검정칠을 해놨는지
오늘 밤도 달만 환하게 비추네요.


아빠,
오늘이 왜 이렇게 힘들죠.
나는 그냥 내일의 해가 뜨기를 바랐는데
오늘의 해가 날 놔주질 않아요.


새로운 하늘을 보고 싶었는데
창 밖에는 내가 본 하늘만 보여요.
저의 내일은 언제나 찾아올까요.

# 나만 아는 내 모습

—

내가 크게 웃는 것을 싫어한다.

내가 흥분해서 큰 목소리로 얘기하는 것을 싫어한다.

내가 우는 것을 싫어한다.

내가 힘든 얘기하는 것을 싫어한다.

내가 투정 부리는 것을 싫어한다.

내 생각을 얘기하는 것을 싫어한다.

그래서

나는 더는 크게 웃지 않는다.

나는 더는 시끄럽게 떠들지 않는다.

나는 더는 우는 모습을 보이지 않는다.

나는 더는 힘든 얘기를 하지 않는다.

나는 더는 투정 부리지 않는다.

나는 더는 내 생각을 얘기하지 않는다.

나를 하나씩 숨기다 보니 이제는 내가 본래 어떤 성격의 사람인지 모르게 되
어버렸다.

마음껏 웃지도, 울지도 못하는 내가
늘 무표정해 버리는 내가 싫어지기 시작한다.


나는 나를 표현할 줄 모른다.
그래서 혼자만 아는 내 모습이 너무 많다.

# 낯선 길

—

정말 지겨워.

척하는 내가 너무 싫어.

여기는 내가 있을 곳이 아닌데 억지로 버티고 있는 내가 너무 답답하고 안쓰러워.

이곳에서 벗어나면 다른 어디에도 속하지 못할 것 같아서.

두려움에 아무것도 못 하는 내가,

나를 믿고 있는 사람들이 보기에 결국 버티지 못하고 도망치는 포기자처럼 보일까 봐

그게 너무 무서워.


내가 아무리 얘기해도 그들은 이해하지 못하는 이 감정은

나만이 아는 거니까.

어차피 이해받지 못할 마음이라면 모르는 척 살아가자고 생각하는 내가 한심해.


내가 걸어 온 길은 이 길뿐이라서

다른 길로 벗어나는 법도 잘 모르는데

마음은 이미 낯선 길로 들어서 버린 것 같아.


발걸음을 돌려서

이내 마음을 돌려서

낯선 길에 한 걸음 들어 보고 싶어도

결국 앞으로 나아갈 수 없는 용기 없는 나는

오늘도 제자리걸음만 하고 있어.

# 내 방안의 시간

—

내 방은 항상 어두운 밤이야.
열두 시간을 자고 일어나도 그래도 밤이야.
내 마음이 너무 어두워서
낮도 밤처럼 느껴버려.

하고 싶은 것도, 해야 할 일도 없고,
무엇을 해야 할지도 몰라서
나는 방 안의 불을 켜지 않기로 했어.
그렇게 가만히 누워있다가 또 잠이 들어.

까만 밤과 하얀 밤을 자다 깨다 그러다 보면
나는 문득 생각해.
내 방은 밤이 너무 길다고.

그래도 피할 수는 없어.
결국 또 잔인한 아침이 밝아오는 것을.

## 내가 사는 이유

—

내 안에서 나오는 생각 중 가장 무서운 물음.
'나는 왜 사는 걸까?'

그리고 이 물음의 가장 무서운 대답.
'……모르겠어.'

# 롤러코스터

—

힘들고 어려운 시간을 겪고 나면 더 단단해진다는데

이 답답한 날들은 언제 끝이 나는 걸까?

힘든 마음이 이어질수록

단단해지기는커녕 불안하고 숨이 막히고 절망스러워지는 것 같다.

그래도 버티면 정말 내가 단단해질 수 있을까?

이 슬픔이 끝나기 전에 너무 약해지면

그래서 스스로가 너무 싫어지면 그땐 이렇게 버틸 수 있을까?

힘겨운 시간 끝에 결국 아무것도 없다는 걸 확인하게 되면

나는 단단해져도 금세 부서져 버릴 것만 같다.


내 삶이 빛과 어둠을 오르내리는 롤러코스터라 하면

그래서 재미있는 게 아니라 그래서 너무 무섭다.

# 마음의 감기

—

마음의 감기에 걸린 몇 년간은 희망이나 기대라고는 섣불리 가질 수가 없었다.

기분이 좋고 마음이 가볍고 슬픈 감정이 느껴지지 않을 때도

금방 우울 모드로 되돌아갈 걸 알고 있었기에 나는 조금도 들뜨거나 신나지 않았다.

그렇게 또다시 우울 모드로 돌아가면

이러다 금방 괜찮아질 거라는 생각 대신

이 무거움이 얼마나 지속될까, 이 어둠이 영원하면 어떡하지 하는 두려움에 휩싸였다.

그리고 지금, 시간이 지나면 자연스레 낫는 감기처럼 내 우울도 나았다.

특별한 계기는 없었다.

그저 지금은 또다시 우울 모드로 되돌아갈까 초조하지는 않기에 스스로가 그렇게 느낄 뿐이다.

아니 솔직히 말하면 조금의 불안함은 여전히 남아있다.

하지만 이전과는 조금 다름을 스스로가 어쩐지 느끼고 있다.

멈춰있던 시간만큼, 가라앉았던 깊이만큼 무언가에 몰입하거나 집중하거나 열정을 불태우는 게 쉽지가 않다.

그렇지만 이전보다는 의지라고 하는 마음의 움직임이 조금씩 살아나고 있는 기분이다.

이제는 다시 마음의 감기에 걸리지 않기 위해 면역력을 키워야 하는 시기이다.

포기할 건 포기하고 현실을 직시해야 한다.

그 누구보다 내가 훨씬 소중하다.

누가 정한건지도 모르는 상식에 얽매이지 않고

나는 내 소신껏 앞으로 나아가야 한다.

도대체 그가, 그녀가, 그것이, 이것이, 저것이 뭐가 중요한가.



이 글은 어쩌면 거짓말이 될지도 모르겠다.

# 멍

—

아무도 나를 필요로 하지 않는다는 생각이 들었다.
언젠가 내 자리가 비게 되는 날
누군가 나를 기억해줄까, 그리워해 줄까, 내 존재의 가치를 느껴줄까.

아무도 나를 보고 싶어 하지 않을 수도 있겠다.
내가 그들을 사랑해서 배려했던 마음들이 나를 자주 괴롭게 했지만
어쩌면 그들은 내 사랑 따위 없어도 그만이었을지도 모르겠다.

나에게 너무 많은 것을 바란다고 생각했었는데
사실은 나에게 아무것도 바라지 않았을지도 모르겠다.

내가 아무도 나를 필요로하지 않는다고 생각을 한 건
내가 손을 내밀었을 때 그 누구도 내 손을 선뜻 잡아주지 않았기 때문이다.
그들이 번번이 내 손을 부끄럽게 만들 때마다 나는 또 혼자가 되었고
내 마음속엔 시퍼런 멍이 들었다.

내가 바란 건 그저 망설임 없는 "그래"라는 대답 한마디뿐이었다.

## 못된 심보

—

가끔은 힘내라는 말보다 나만큼 힘든 사람,
아니 나보다 더 힘든 사람이 있다는 사실이 위안이 될 때가 있다.
괜찮다는 말보다도 나만 괜찮지 않은 게 아니라는 걸 눈으로 확인할 때
더 안심되기도 한다.

정말 못되고 유치한 거 아는데,
그래서 이 세상 사람들 다 나만큼 불행했으면 좋겠다.

## 미아

—

그런 거였나.
나는 길을 잃은 거였나.
어디로 나아갈지
방향을 잃어버린 거였나.


내가 뭘 하고 싶은지도 알고
어떻게 해야 할지도 아는데


오늘, 지금 당장
제대로 가고 있는지도 모를 만큼


너무 혼란스럽다.

# 밤공기

—

겨울에서 봄으로 넘어가는 때,
낮에는 따뜻하다가도 밤이 되면 선선해지는 3월.

하늘이 캄캄해지면
불어오는 바람이, 내 피부에 닿는 그 느낌이
나를 센치하게 만든다.

밤바람의 시원함, 밤공기 냄새, 차분한 그 분위기에
뭔지도 모를 무언가가 그리워지는 건
'또다시 봄이 오는구나.' 하는 생각 때문일까,
조금 더 자란 내가 여전히 같은 자리에 머물러있다는 생각 때문일까,
'아무것도 변하지 않았구나.' 하는 안도감이나
오히려 드는 불안함 때문일까.

왠지 그리운 마음에 눈물이 흐르는 밤이다.

# 비정상

—

아슬아슬하게 줄타기하고 있는 것 같다.


내 마음이
내 기분이
내 감정이
수도 없이 좋았다가 나빴다가 하는데
오르락내리락 롤러코스터를 타다가
이제 너무 지쳐버려서
이러지도 저러지도 못하는 채로 남겨져 버렸다.


이성의 끈을 놓아버리고 싶고
내 속을 다 들어 내버리고 싶고


정말 미친 사람처럼 그렇게
정신 나간 사람처럼 그렇게
나지도 않은 길로 막 뛰쳐나가고 싶은데

결국 그러지 못해서

그럴만한 위인은 안돼서


정상의 끝자락만 살짝 쥐고

아슬아슬하게 줄타기하고 있는 것 같다.

## 사라진 꿈

—

내 상상 속에서 만들어진 꿈의 세상에서 깨어난 나는

여느 사람들과 다를 것 없이

아주 평범한 현실 그 자체인 세상에서 살아가는 사람이 되어있었고

꿈을 잃은 내가 현실에 머문 지 꽤 오랜 시간이 흐른 뒤 바라본 내 세상은

하염없이 땅만 바라보며 줄곧 제자리걸음을 하고 있었다.

# 슬픔은 더하기

—

슬픔은 나누면 반이 된다는 말
그 말이 무슨 말인지 모르겠어.

내 아픔을 말해봤자
이해해주는 이 아무도 없고

내 슬픔을 덜려다
오히려 슬픔을 더하고 말지.

# 어느 토요일 오전 열 시

—

스르륵 눈을 떴어.
오전 열 시.

이미 해가 중천에 떴어.
천천히 일어나 이부자리를 나왔어.
잠을 깨려 찬물로 세수를 했어.
여전히 멍한 느낌으로 소파에 앉았어.
오늘은 어떻게 하루를 보낼까 이것저것 생각해봤어.
그러다 문득 내 아침이 너무 조용하다는 느낌이 들었어.
얘기를 나눌 사람이 아무도 없었어.
난 지금까지 한마디도 하지 않았어.

왠지 나는 우울해졌어.
짜증이 막 나고 가슴도 너무 답답했어.
하지만 나는 아무것도 하려 하지 않았어.
힘이 나지 않았거든.

그래서 그냥 그 공허함 속에 머물렀어.

# 어른이 되고 싶지 않아

—

세상은 내가 뜻하는 대로 되지 않는다.
나는 세상을 움직일만한 힘을 가지고 있지 않기 때문이다.

어릴 때는 그걸 몰랐다.
나는 세상을 바꿀 수 있다고 생각했다.
너무 어려서 마치 내가 세상의 중심인 것처럼 느끼며 살았다.
나는 이 세상에서 큰일을 해낼 수 있는 주인공이었다.
그래서 빨리 어른이 되고 싶었다.
내가 어른이 되면 정말 멋진 사람이 될 수 있을 거라는 기대와 희망이 있었
으니까.
솔직히 말하면 그때는 이미 스스로 다 컸다고 생각했었던 것 같다.
그야말로 아주 어릴 때 얘기다.

시간이 흐르고 흘러서
아이도 어른도 아닌 애매한 나이로 살고 있는 지금의 나는 꽤 비관적이고 염
세적인 사람으로 지내고 있다.
어른이 되고 싶지 않다.

철들고 싶지 않다.

나이를 먹어갈수록, 철이 들수록 내가 더 시시한 사람이 되는 것 같아서 울적한 기분이 들기도 한다.

어릴 때는 이렇게 시시하고 재미없는 어른이 될 줄은 꿈에도 몰랐는데

나 역시도 특별한 사람은 아니었다.

이 세상의 주인공은 내가 아니었다.

나는 이 세상을 바꿀 힘 같은 것은 전혀 가지고 있지 않다.


사실 이제는 그런 건 아무래도 좋다고 생각한다.

지금의 나를 더 아프게 하는 건 아주 작은 내 세상조차 지키기 어려워서 지쳐가는 나 자신이다.

세상은 못 바꿔도 우주의 먼지 크기밖에 안 되는 작디작은 내 세상 정도는 뜻대로 움직여보고 싶은데 그런 힘조차도 없다는 사실이 가끔은 화가 날 만큼 마음이 아파져 온다.

나는 어른이 되고 싶지 않다.

내가 어른이 되어갈수록 이 마음 아픈 사실을 인정해나가야 한다는 사실이 너무 슬프다.

점점 나는 깨닫게 될 것이다.

나는 아무것도 아닌 사람이라는 것을.


앞서 말했듯 나는 자칭 비관적이고 염세적인 사람이다.

이 세상 모두가 나와 같이 생각할 필요는 없다.

자신이 세상의 주인공이라고 생각하며 살아가도 좋고,

본인 스스로 어른스럽다고 생각해도 괜찮고,

빨리 철이 든 어른이 되고 싶어 해도 상관없다.

그편이 세상을 밝게 살아가기에는 더 좋을 것이다.

그래서 한 편으로는 그들이 부럽기도 하다.

나는 결코 그렇게 될 수 없다고 생각하기 때문이다.


그렇다고 해도 역시 나는

어른이 되고 싶지 않다.

# 어린 시절

—

아주 어릴 때부터였다.

나에게는 그 무엇도 쉬운 것이 없었다.

남들에게는 별것도 아닌, 자동반사적으로 하는 일들도

나에게는 수많은 생각과, 큰 용기와 여러 차례의 다짐이 필요했다.

남들에게는 아주 평범한 일들이 나에게는 어렵고 벅찬 일들이었고

그만큼 빨리 지쳐버려서 나는 누구보다 우울했고

누구보다 많은 눈물을 흘렸으며 결국 이리저리 방황하다 길을 잃었다.

열심히 살고 싶다는 생각이나 의지가 점점 사라질수록

마음은 불안하고 초조하고 조급해졌다.

대다수의 사람이 그렇게 어렵지 않게 해내는 일들이

나에게는 대체 왜 이렇게 어려운 걸까.

여러 가지 할 일이 주어지면 아무것도 해내지 못할 것 같은 기분이 든다.

스트레스는 산처럼 쌓여가고

그냥······ 다 놓아버리고 싶어진다.

그래도 내 인생을 놓치지 않으려고

인생의 끝자락을 필사적으로 꽉 쥐고 있다는 걸 누구도 알지 못한다.

# 언덕

—

내가 쉽게 약해지고 사소한 일에 흔들리는 건
언젠가 내가 넘어졌을 때 나를 잡아줄 사람이 옆에 있다는 걸
무의식적으로 알고 있기 때문일까.

그렇다면 내가 오랜 시간 방황하는 것도
아주 불행한 일은 아닌지도 모른다.

내 인생은 흔들려서 넘어져도
언제든 잡아줄 사람이 옆에 있다는 의미일 테니까.

# 우울한 밤하늘

—

바다를 오래 보면 우울해진다고들 한다.
나한테는 밤하늘이 그렇다.

별 하나 보이지 않는 어둡기만 한 밤하늘은 너무 우울하다.

# 이상한 세상

—

나도 모르게 내가 모르는 시간이 흘러간다.

나는 어떤 것에도 의미를 두지 않았다.

무언가를 하고자 하는 의욕도 없었다.

단지 자고 일어나서 밥을 먹고 TV를 보고

핸드폰을 좀 하다가 그리고선 다시 잠을 잔다.

누군가는 의욕적으로 공부를 하고

누군가는 열심히 일을 하고

또 누군가는 즐겁게 노는 시간에

나는 그 어떠한 노력도 없이 소중한 시간을 흘려보냈다.

내가 의식하지 못한 채 흘려버린 시간이

얼마나 아까운 것인지 분명 알고 있었는데

건드리지도 못하고 잡지도 못한 채 손을 놓아버렸다.

내가 내 세상에서만큼은 주인공이라면

어쩌면 가장 어리석고 존재감 없는 주인공일지도 모른다.

나도 모르게 흘러간 시간 속에서 나는

어떤 것에라도 열정을 불태워야 했다.

힘을 내야 했고 힘이 나지 않는다면 서럽게 울기라도 해야 했다.

바쁘게 움직여야 했고 그게 어려웠다면 어떻게든 걸어보기라도 해야 했다.

목표를 계획하고 실천해야 했고 좌절했다면

다시 수백 번 마음을 다잡아야 했다.

치열하게 고민하고 치열하게 움직이고 치열하게

역경과 고난에 부딪쳐야 했다.

그런데 난 그 어떤 것도 하지 않았다.

마치 꿈속에 사는 것 같았다.

무엇을 하든 전혀 현실감이 없었다.

내가 하는 모든 것들이

내가 하는 말 한마디, 내가 하는 행동 하나, 내가 느끼는 감정들이 전혀 내 것

같지가 않았다.

정말 그 사소한 하나하나가 다 아무 의미 없이 느껴졌다.

내 눈동자는 늘 초점이 없었고

내가 내디딘 한 걸음은 땅이 아니라 허공을 걷는 것 같았다.

마치 꿈속에서 헤매듯 현실에 무감각해져서

그 어떤 것에도 열정을 쏟아 부을 수가 없었다.

그렇게 오랜 시간이 흘렀고

나는 여전히 이상한 세상에서 내가 모르는 시간을 흘려보내고 있다.

그런데 얼마 전, 이 이상한 세상에 작은 변화가 생겼다.

나도 모르게 흘려보냈던 시간을 스스로 의식하기 시작했다는 것

조금은 현실과 마주 하고 싶은 마음이 들기 시작했다는 것

그리고

내 세상에서만큼은 존재감 있는 주인공이 되고 싶어졌다는 것.

# 자라 보고 놀란 가슴 솥뚜껑 보고 놀란다

—

나는 작은 소리에도 깜짝깜짝 놀란다.

바닥에 볼펜 떨어지는 소리,
책 덮는 소리,
의자 끄는 소리,
휴대폰 진동 소리,
문 두드리는 소리,
초인종 소리,
문이 닫히는 소리,
전기 모기 채로 벌레 잡는 소리,
토스트기에서 식빵이 다 구워져 올라오는 소리

.

.

.

조금만 큰 소리가 나면 왠지 불안하고 심장이 두근거린다.
자라 보고 놀란 가슴 솥뚜껑 보고 놀란다더니
내가 딱 그 짝이다.

# 장밋빛 인생

—

처음으로
무언가 바라기 시작했던 그때,

희망을 알았어.
행복을 느꼈어.

내가 바라던 내 모습을 상상하며
아름다운 세상을 그려보기도 했지.

아무리 힘든 일이 있어도
나 다 이겨낼 수 있다 자신도 했고
멋진 내 미래를 꿈꾸며
지루한 시간도 모두 웃음으로 채웠지.

그러던 어느 날
내 마음속에 먹구름이 드리워졌어.

하늘은 어두워지고
까만 비가 내리기 시작했지.


난 간절했었어.


내리는 비가 너무 아파서
우산을 쓰고 서 있는 너에게
내 손을 뻗었지.


하지만
닿지 못한 너와 나의 아주 사소한 거리가 남아
결국 내 하늘은 무너져 버렸고
내 세상은 온통 잿빛으로 물들어버렸지.


언제쯤……
내 세상은 장밋빛으로 빛날 수 있을까.

# 집으로 가는 길

—

버스에서 내렸다.

집까지는 20분 정도 걸어가야 한다.

여느 때처럼 담담하게 집으로 향했다.

그러다 문득 발걸음이 조금씩 무겁게 느껴지기 시작했다.

점점 무거워진 발걸음은 이윽고 나를 멈춰 서게 했다.

집까지 10분은 더 걸어가야 하는데 걸을 수가 없었다.

아니, 더는 걷고 싶지 않았다.

발이 굳어버린 것처럼 움직일 수가 없었다.

걷고 싶지 않았다.

순간 심장이 쿵 내려앉는 기분이 들었다.

한 번도 이런 적이 없었다.

걷고 싶지 않다니.

나는 그 자리에 멈춰 한동안 멍하게 서 있었다.

내 눈은 분명 앞을 보고 있는데

나는 아무것도 보고 있지 않았다.

내 눈동자 속에는 그 어느 것도 담기지 않았다.

그저 그 자리에 주저앉아 펑펑 울고 싶은 마음뿐이었다.

# 특별한 날

—


평소와 다르지 않았는데
의미 없는 행동이었는데
사소한 말일 뿐이었는데
별로 눈물 흘릴 일도 아니었는데


오늘 나는
외로움 위를 걷고 있고
쓸쓸함 아래에 서 있다.

# 포기

—

나는 결국

자칫하면 무너져버릴까 혼자 전전긍긍하며 꽉 잡고 있던 것들을 모두 포기하고,

남아있던 일말의 기대마저 놓아버린 후에야 그 지독한 우울과 무기력에서 벗어날 수 있었다.

이제 나에게는 당연할 정도로 소중했던, 의심 없이 지켜야만 했던 지난날의 것들이 전혀 중요하지 않게 되어버렸다.

## 폭풍 같은 사람

—

나는 밀려오는 감정들을 온전히 느끼는 중이다.

하루 매 순간 내 감정에 내가 지배받는 느낌.

낭만적인 것 같으면서도 비극적이다.

나만 아는 감정들은, 그리고 이 우울한 느낌은

다른 이들은 어차피 이해하지 못할 것이기 때문에

나는 그들을 밀어낸다. 말을 아낀다.

그러면 사람들은 내 세상에 더는 들어오려 하지 않는다.

무관심이거나 알기 두렵거나 당황스러운 상황을 마주 하고 싶지 않은 거라

생각한다.

나도 그편이 편하기에

이해받지 못하고 위로받지 못할 걸 알기에 말을 꺼내지 않는다.


그래도 가끔 생각한다.

언젠가 내 세상을 궁금해하는,

나를 깊숙이 파고들어 올 예리하고도 폭풍 같은 사람이

한 명쯤은 나타날까?

어쩌면 나는 계속 기다리고 있는지도 모른다.

# 하고 싶은 일

—

꿈을 돌아간다.
가고 싶은 길을 비켜 간다.
하고 싶은 일을 부정한다.


내가 마음이 끌리는 일에 재능이 있었으면 좋겠고
너는 그 일에 어울리지 않는다는 말은 듣고 싶지 않다.


순수하게 좋아하고, 재는 것 없이 꿈을 좇아가던 내 모습이 점점 희미해져
간다.
현실은 너무 냉정하다는 걸, 인생은 절대 쉽지 않다는 걸 알아갈수록
꿈을 마주하는 것이 더 두려워진다.


내가 꿈을 위해 미친 듯이 노력하지 않음이 그만큼 간절하지 않기 때문은 아
니다.
오히려 너무나 간절해서 선뜻 손을 대지 못한다.


꿈을 이루고 싶다.

하고 싶은 일을 하며 사는 사람은 많아야 열에 하나라는데
나는 나머지 아홉이 되고 싶지 않다.
이런 마음으로도 한발 나아가기가 쉽지 않다.

나는 오늘도 꿈을 돌아간다.
가고 싶은 길을 비켜 가고
하고 싶은 일을 부정한다.

그래도 마음속 한편에 자리하고 있는 진심은
내가 나아가고 있는 이 길이 꿈을 비켜 가는 길이 아니라
천천히 둘러가는 길이기를 바라고 있다는 것이다.

# 하얀 밤

—

하루 중 가장 편안하지만 가장 무서울 때는 밤이다.
내가 혼자라는 게 여실히 느껴지는 시간이기 때문이다.
내 주변이 온통 캄캄해지고 나만 밝혀져 있는 기분이랄까.

그러다 아무것도 보이지 않고 아무 소리도 들리지 않는 어둠에
내가 서서히 묻혀 가는 느낌이 든다.
내가 눈을 감고 잠에 빠져들면 하루의 끝이, 다시는 돌아오지 않을 오늘의
끝이 정말 찾아올 것만 같아서
조금이라도 그 끝을 늦추고 싶은 마음에 쉽사리 눈을 감지 못하는
하얀 밤이 매일 반복된다.

사람들의 오늘이 만족스럽지 못하고 아쉬우면 밤에 잠들기가 힘들다는데
나도 그런 걸까.
그렇다면 매일 찾아오는 공허함이, 외로움이, 아쉬움이
그 역시도 내가 자초한 감정인 걸까.

누군가 내 옆에 있어 준다면 조금은 마음이 편해질 것 같기도 하다.

쉽게 잠들지 않고 꾸역꾸역 버텨보아도

결국 잠을 이기지 못하고 깊은 어둠으로 빠져든다.

아무리 애를 써 봐도 그렇게 지나간 하루의 끝에 남는 것은

결국 그 방안에는 나 혼자였다는 사실과 수면 부족으로 인한 피로감뿐이다.

# 현실

—

돈이 지배하는 이 세상에서
내 불안함 따위
내 괴로움 따위
내 초조함 따위는
전혀 중요하지 않다는 걸
다시 한번 느끼게 된 하루.

나를 무겁게 짓누르는 현실 아래에서
삭막한 회색 안개 속을 공허하게 걸어가는 나를
싸늘한 눈초리로 대하는 모두가 미워지는 하루.

이게 내가 걷고 있는 현실.

# 혼자

—

같이 있는데
혼자 있는 것 같은 기분.

그냥 늘 혼자 있었던 것 같은 기분.

어제도 그랬고
지금도 그렇고
내일도 그럴 거고

나는 항상 혼자였는데.
인생은 원래 혼자라는데.

나는 혼자인 게
익숙하지도
익숙해지지도 않는다.

셋.

너와 공유하고 싶은 나만의 <sup>생각</sup>느낌

# 100%

—

어떤 문제가 발생했을 때

"일방적으로 한쪽이 100% 잘못한 경우는 거의 없다."라고 하지만

일방적으로 한쪽이 100% 잘못해서 문제가 발생하기도 한다.

# YOLO(You Only Live Once)

—

늘 선택의 연속인 인생에서 우유부단한 나에게 도움을 주는 생각 하나.

'단 한 번뿐인 인생이야. 그렇다면 망설일 이유가 없지.'

# 가장 소중한 것

—

선택의 연속인 우리의 인생에서 사람들은 소중한 것을 지키기 위해 자신이 가지고 있는 것을 버리기도 한다. 그런데 참 이상하게도 시간이 지나고 나면 자신이 버린 것이 가장 소중한 것이었음을 깨닫는 때가 많다. 당시에는 가장 가치가 없거나, 포기해도 크게 아프지 않은 것으로 생각했을 텐데 말이다.

사람들은 자신이 가진 것 중 가장 소중한 게 뭔지 잘 모를 때가 많다. 나는 남들과 달라서 잘 안다고 생각해도 그것조차 오만이다. 사람들은 모든 걸 다 잃고 나면 알게 되거나, 그토록 원하던 걸 얻은 후에 깨닫게 된다. 자신의 마음이 채워지지 않는 걸 느끼는 순간에, 내가 훨씬 더 소중하게 생각하고 집중해야 했던 것이 무엇이었는지를 비로소 알게 된다.

# 괜찮아

—

너무 힘이 들 때는 세상 어떤 말보다도

"괜찮아."

그 짧은 한마디가 가장 위로가 돼.

# 그러니까 이번 생에는

—

그래, 너무 아픈 세월이야.

힘들고 지치고 외롭고

고단하기만 한 세월이지.

그래도 주저앉지는 말자.

잘 안되더라도 일단 해보고

살기 싫어도 그래도 살아보자.

죽을 것처럼 괴로워도 버텨보자.

내 삶을 놓아버리지는 말자.

계속 벽에 부딪히더라도

딱 미친 사람처럼 그렇게

막 정신 나간 사람처럼 그렇게

달리고 또 달려서 두드리고 또 두드려서

끝까지 한번 가보자.

최선이라는 걸 다 해보자.

그리고 다음 생에는

공기로 태어나자.

존재만으로도 고마운

공기로 살자.

# 눈치 보지 말고 살아

—

눈치 보지 말고 살아.
다른 사람들 눈이 뭐가 그렇게 중요해.
네가 행복하면 돼.
네 옆에 있는 사람이 행복하면 되는 거야.
남들이 조금 이상하게 생각하면 어때.
그들에게 피해가 되는 건 아무것도 없잖아.

아무것도 못 하고 후회하는
그런 어리석은 사람은 되지 말아.

# 미스터리

—

지나간 시간은
아무리 후회해봤자
다시 돌아오지 않는다는 걸
우리는 잘 알고 있으면서도
언제나 같은 실수를 반복하고 만다.

풀리지 않는 뫼비우스의 띠처럼
아이러니하게도.

# 뻔한 레퍼토리

—

영화나 드라마, 애니메이션 속 인물들은 대부분 처음에는 보통 사람들보다도 부족한, 무언가가 결핍된 상태로 등장한다. 그래서 많은 어려움과 혼란을 겪는다. 그러다 누군가를 만나거나 특수한 일들을 겪으면서 그들이 가지고 있던 아픔이나 고정관념의 틀이 깨지게 되고 그들은 점차 성장해나간다. 그리고 마지막에는 자신이 가지고 있던 결핍이 채워지면서 앞으로 그들의 인생이 더욱더 찬란할 것을 암시하며 끝이 난다.

다들 예상하다시피 새드엔딩은 별로 없다. 늘 그렇듯 해피엔딩이다. 나도 비극적인 결말을 바라지는 않는다. 과정이 아무리 어려워도, 그래도 역시 마지막은 희망적이어야 한다고 생각하는 편이다. 그런데 현실은 꼭 그렇지만은 않은 것 같다. 매일 저녁 뉴스에 나오는 사건·사고들만 봐도 그렇다. 열심히 사는 사람이라고 해서 항상 끝이 좋지도 않고, 좋은 사람이라고 해서 인생이 마냥 행복한 것도 아니다. 사람들은 저마다의 어려움을 겪지만, 그것을 극복하고 성장해나가는 경우는 많지 않다. 애초에 왜 꼭 성장해나가야 하는지 모르겠지만 말이다. 아무튼, 현실이 영화나 드라마 같다면 나 역시도 성장해나갈 수 있을까? 고난을 이겨내고 희망찬 미래로 나아간다는 뻔한 레퍼토리가 내 인생에도 적용되면 좋겠다.

# 사람은 모순덩어리

—

사람은 모순덩어리.

나만 해도 그렇다.

나는 자기계발서나 에세이를 별로 좋아하지 않는다.

저자의 생각이 다 옳은 것도 아니고,

그의 경험이 다른 사람들에게도 똑같이 적용될 리 없기 때문이다.

아무리 훌륭한 사람이라도

세상의 모든 사람에게 좋은 선생님이 될 수는 없다.

그래서 나는 자기계발서나 에세이를 잘 읽지 않는다.

그런 내가 누군가를 공감하고 위로해준답시고 에세이를 쓰고 있다.

나 역시도 그리 괜찮은 사람이 아닐지도 모르는데 말이다.

그런가 하면 나는 힘들고 마음이 지칠 때는

꼭 자기계발서나 에세이를 찾는다.

조금이라도 안심하고 싶거나 도움을 받고 싶은 마음에서다.

평소에는 마음에 들지 않아 하면서 말이다.

아니 이것 참 모순 아닌가.

내 마음조차도 확실하지 않은데

어떻게 다른 사람의 마음을 확신할 수 있을까.

사람의 마음은 믿을 것이 못 된다.

# 사람은 어렵다

—

사람은 참 어렵다.

예쁜 노래 가사를 쓰는 사람은 마음이 예쁜 사람일 줄 알았다.
마음을 움직이는 노래를 부르는 사람의 인성은 꽤 괜찮을 줄 알았다.
선한 연기를 정말 잘하는 배우는 그의 마음속에
분명히 선한 마음이 있을 줄 알았다.
사람들을 위로하는 글을 쓰는 사람은 생각이 깊고 따뜻한 사람일 줄 알았다.
관객의 가치관을 바꿀 정도로 큰 울림을 주는 영화를 만드는 사람은
영화만큼 멋진 가치관을 가진 사람일 줄 알았다.

내 멋대로 좋은 사람일 거라고 판단해놓고
혼자 실망하는 게 어리석긴 하지만
한편으로는 마음 한구석이 씁쓸하다.
결국, 사람은 사람이고, 재능은 재능이다.
사람은 사람이고, 일은 일이다.
그의 작품이 그를 말해주지는 않는다.
단지 보이는 것만으로는 그 사람의 전부를 판단할 수 없다.

# 삶과 죽음

—

죽고 싶은 것은 아니다.
다만, 왜 살아야 하는지 그 이유가 희미해져 갈 뿐이다.
삶의 이유가 흐릿해져 갈수록 죽음은 더욱더 선명해진다.

가끔은 터무니없는 생각이 들 때도 있다.
'왜 사는 것 아니면 죽는 것 두 가지 선택지밖에 없는 걸까.
중간 선택지도 있다면 좋을 텐데.' 같은.

# 스무 살

—

실수해도 이해되는 나이.
처음이니까 다 용서되는 나이.
아무것도 이루지 않아도 봐주는 나이.

스무 살의 첫 겨울이 끝나고 나면
이제는 마냥 어리광 피울 순 없겠지.

# 시간의 흐름

—

가진 게 많아 세상 남 부러운 것 없는 사람들도 자신의 시간이 멈추길 바라
는데
꼭 시간이 흐르길 바라는 사람들은 무슨 마음인 걸까.
무슨 사정일까.
어떤 삶을 품었기에 시간의 흐름을 두려워하지 않는 것일까.
그들은 강한 건가, 약한 건가.


나는
내 시간이 멈추길 바란다.

# 시험이 끝난 후

—

시험이 끝났다.
너무 좋아서
고생한 나에게 주는 보상으로
치킨을 시켰다.
어딘가 허무한 마음을
치킨으로 채웠다.

# 아니 땐 굴뚝에도 연기 난다

—

이유 없는 일은 없다고?
그렇진 않더라.
아니 땐 굴뚝에 연기 나고
이유 없이 미움받기도 하고
거짓뿐인 소문도 무성하더라.
잘 알지도 못하면서
지레짐작으로 단정 짓지 말자.


헛소문을 사실로 둔갑시키는 건
아니면 말고 식의 어리석은 생각과 무책임한 태도이다.

# 음소거

—

밝고 환한 낮에는 볼륨을 높여봐도 잘 들리지 않던 노랫소리가
캄캄하고 조용한 밤에는 심장을 쿵쿵거릴 정도로 크게 들린다.

마냥 좋고 행복할 때는 그저 귓가를 스치고 지나가던 말들이
답답하고 힘들 때는 마음속까지 들어와 내 마음을 쿵쿵 두드린다.

아무것도 아니었던 사소한 것들이
이제는 내 마음에 상처를 내고 아프게 한다.

오늘은 조용히 좀 해줘.
볼륨 한 칸도 나에겐 너무 큰 것 같아.
조금만 더 작게, 내 귀에 들리지 않게
꺼(져)줘.

# 의미 있는 일

—

나는 사소한 것 하나에도 의미를 찾는다.

이 시간에 뭘 해야 의미 있을까.


TV를 본다면 어떤 프로그램을 보는 것이 그 시간을 가장 잘 보낼 수 있을지를 생각한다.

점심 메뉴를 고를 때는 뭘 먹어야 만족스러울지 고민한다.

책을 고를 때는 어떤 책을 읽어야 나에게 유익할지 이 책 저 책을 살펴보며 따져본다.

마카롱을 먹고 싶을 때는 가격 대비 어떤 마카롱을 먹어야 후회하지 않을지를 고민한다.

낮잠을 자고 싶을 때는 이 시간에 잠을 자는 것이 시간을 낭비하는 건 아닌지 생각한다.

친구와 약속을 정할 때는 그 친구와 만나서 내 돈과 시간을 쓰는 것이 의미 있는지를 생각한다.

화장할 때는 길어야 서너 시간 외출할 건데 외출 준비하는데 두 시간을 쓰는 게 비효율적이지는 않은지 고민한다.

밖에 나가려다가도 날이 흐려서 곧 비가 쏟아질 것 같을 때는 밖에 나가지 않는 게 더 나은지 고민한다.

집에 밥이 있는데도 햄버거가 먹고 싶을 때는 잠깐만 참으면 그다지 먹고 싶지 않아질지도 모르는데 돈 주고 건강에도 그리 좋지 않은 음식을 먹는 게 맞는지 고민한다.


나는 뭘 하든 그것의 의미를 찾는다.

후회하고 싶지 않은 마음인지, 내 생각에 확신이 없는 건지, 매 순간 모든 선택이 효율이 좋아야 한다는 강박관념 때문인지, 무슨 이유인지는 모르겠지만 의미를 찾으려 할수록 오히려 모든 것에 의미가 없어지는 느낌이 든다.

결국 나는 삶의 의미까지 생각하는 단계에 이르는데, 내가 의미를 만들지 않으면 애초에 의미 있는 일이란 없는 것 같다는 생각도 든다.

내가 이 세상에 태어나서 살아가는 것이 큰 의미가 있어서 시작된 것이 아니라고 생각하기 때문이다.

# 이별의 후유증

—

누군가를 좋아하게 되는 데에는 그리 오래 걸리지 않는다.

첫 만남 때는 오히려 내 취향이 아니었다거나, 별 감정 없었다거나,

심지어 마음에 안 들었다고 얘기할 수도 있겠지만

그런 생각마저도 이미 상대방이 내 관심의 영역에 들어온 이후에 드는 것이지 않나?

아무튼 나는 첫인상이나 좋아하는 감정의 시작을 말하려는 것이 아니다.

오히려 그 반대이다.


좋아하는 감정은 나도 모르는 사이 빠르게 생겨난다.

그래서 더 빨리 사라질 수 있는 감정이라고 생각할지도 모른다.

너무 급하게 불이 붙으면 그 어떤 사랑보다 활활 타오를지는 몰라도 금방 식는다는 말이 있는 것처럼 말이다.

하지만 내 생각은 조금 다르다.


급하게 타오르는 사랑이든 서서히 피어나는 사랑이든 그 마지막은 크게 다르지 않다.

좋아하는 감정이 잊히는가 하면 또다시 생각나고,

사라지는가 하면 또다시 생겨난다.

상대가 나에게 큰 배신감을 안겨주어도,

나를 실망하게 하고 아프게 하더라도 말이다.


내가 여전히 그 사람을 좋아하는 건지,

아니면 그 사람을 좋아하는 내 모습을 스스로가 놓고 싶지 않은 건지는 모르겠지만

사랑이라는 감정이 한순간에 사라지지는 않는다.

말 그대로 미워도 사랑한다는 말이 모순이 아니라는 느낌이다.

상대가 나쁜 사람이라도 그런데,

하물며 상대가 좋은 사람이라면 이 사랑이 나를 행복하게 하지 않을 걸 알면서도 져버리기란 쉽지 않을 것이다.


내가 이 글을 쓰면서 전하고 싶은 말은

이별의 후유증이란 상대가 누구냐의 문제보다 그 사람과 내가 나눴던 사랑,

결국 내가 했던 사랑의 크기와 깊이에 따라서 온다는 것이다.

내가 그 사람을 쉽게 잊지 못하는 건 내 사랑이 너무나 진심이었기 때문이지 그 사람을 여전히 사랑하고 있기 때문은 아니다.

# 이해관계

—

사람들은 각자의 좁은 세계 안에 갇혀 산다.

제 3자의 입장에서, 전지적 시점으로 자신의 삶을 바라볼 수 없기에

언제나 1인칭 주인공 시점으로 모든 걸 바라보고 판단한다.

그래서 누군가는 자신의 삶에 일어난 문제들이 타인의 탓이라고 생각하고,

또 다른 누군가는 타인의 탓을 하는 사람들을 한심하게 생각한다.

그러나 우리는 알 수 없다.

타인의 탓이 아닐 수도 있지만, 타인의 탓일 수도 있다.

순전히 내 문제가 아니라 결국 우리 모두의 문제라는 뜻이다.

상대는 그렇게 생각하지 않을지라도.

그가 나에게 미치는 영향력, 그의 말과 행동, 표정에서 느껴지는 압박감을
그 자신은 알지 못하기 때문이다.

내 삶에 주어졌던 수많은 선택 중에서 온전히 내 의지로 선택했던 건 절반도
채 안 될지 모른다.

그렇다고 내 잘못이 아니라고 할 수도 없다.

분명 내가 선택했고, 내가 결정했다.

그렇지만 내가 다른 곳으로 눈을 돌릴 수 없게 만든 무언가가 작용했다는 걸
나는 아는데 상대방은 모른다면

그와 나는 결국 서로를 이해할 수 없을 것이다.

# 자기방어

—

내가 싫어하는 사람에게
나를 싫어하는 사람에게

내 마음에 들지 않는 사람에게
나를 마음에 들어 하지 않는 사람에게

나와 사이가 좋지 않은 사람에게
나와 너무도 맞지 않는 사람에게

나는 가장 예의 있게 행동하려 한다.

나는 그 사람보다 꽤 괜찮은 사람이고
나는 그 사람보다 더 마음이 넓은 사람이니까.

# 좋은 어른

—

"세상이 변했어. 많은 것이 달라졌어.
대체 언제 적 얘길 하는 거야?
과거에 얽매여서 주변 사람들을 구속하려 하지 마.

정작 변해야 하는 건 그들이 아니라 너야.
세상은 점점 변해가고 있고 너도 그 흐름을 인정해야 해.

예전에는 너의 생각이 맞았을지도 모르지만
지금은 그들의 생각이 더 일리 있어.
공감하진 못하더라도 최소한 비아냥거리고 비난하지는 말아야지.

과거에 집착하지 말고 그 속에서 나와.
그리고 요즘 젊은이들의 마음을 좀 헤아려봐.

소위 말하는 꼰대가 될지 좋은 어른이 될지는
네가 어떻게 하느냐에 달려있어.
친구, 좀 유연해져 봐."

# 주인공

—

사람들은 각자의 인생에서 자신이 주인공이라고 생각하며 살아간다.

내 기분이 중요하고, 내 생각이 중요하고, 내 마음이 중요하고, 내 모든 것을 이해받기를 바란다.

그런데 가끔 몇몇 사람들이 잊어버리는 것이 있다.

우리 모두가 다 주인공이라는 것을.

내가 가장 소중한 사람이라 다른 사람들의 생각이나 감정 따위는 별로 중요하지 않다고 생각하는 사람들이 있다.

아니, 아마 그마저도 의식하지 못할 것이다.

하지만 사람들은 잊지 않으려 노력해야 한다.

내가 소중한 만큼 상대도 소중한 사람이라는 걸.

내가 똑똑한 만큼 상대도 똑똑하다는 걸.

내 생각이 옳은 만큼 상대 생각도 일리가 있고,

내 감정이 당연한 만큼 상대의 감정도 당연히 그럴 수 있다는 것을.

# 참된 미덕

—

과연 누구를 위한 침묵과 인내의 미덕인가.

돌이켜보면 나를 위해서는 침묵하지 않고 인내하지 않는 것이 미덕이었던 적이 훨씬 많은데 말이다.

그랬다면 지금의 나보다 훨씬 덜 상처받았을지도 모른다.

# 추억

—

우리는 추억에 얽매인다.

이미 지나간 과거만 붙잡고 서 있다.

그때로 다시 돌아갈 수 없다는 것을 알기 때문이다.

# 현실의 꿈

—

취업 준비 시기에 접어들어서 가끔 주변을 둘러보면
모두 같은 모습을 하고, 같은 것들을 갖추려 애를 쓰고,
같은 목표를 쟁취하기 위해 아등바등하는 것처럼 보일 때가 있다.
그들은 대부분 책임감 있고, 성실하고, 늘 노력하는 사람들이다.
어쩜 저렇게 열심히 할 수 있는지 어떨 때는 그들의 열정이 부럽기도 하다.
하지만 솔직한 마음으로는 그 모습들이 안타깝게 느껴지기도 한다.
모두가 같을 수 없기에 그들이 지향하는 삶 역시도 각각의 형태를 띠고 있을 것이다.
그러나 현실적인 문제들은 그들이 원하는 삶을 꿈꾸지 못하게 시야를 차단한다.
사람들의 양쪽에 높고 긴 벽을 세우고
그들이 다른 생각은 하지 못하게, 눈앞에 나 있는 길만을 따라 걸어가도록 유도한다.
누군가가 그 길에서 벗어나려 하면 그 사람은 넘지 말아야 할 벽을 기어코 넘어가려는 규칙 위반자가 되는 분위기다.
세상은 우리에게 꿈꾸라 얘기한다.
소위 말하는 성공한 사람들은 우리에게 하고 싶은 일을 찾아 행동하라 말한

다.

그러나 많은 사람들에게 꿈이란 욕심이고 사치일 뿐이다.


꿈이라는 길을 걷다가 중간에 포기하면

내가 출발한 지점으로는 다시 돌아갈 수가 없다고 생각하기에

그러면 내가 힘겹게 걸어온 시간은 무의미하게 사라져 버리는 것 같아 두렵고 불안하다.

어느 눈치 없는 어른이 우리에게 묻는다.

"넌 하고 싶은 게 뭐야?"

"뭘 하고 싶은지 네가 모르면 어떡해?"

"왜 다른 사람들이랑 같은 길을 가려고 해?"

그러면 우리는 선뜻 대답하지 못한다.

그러나 화가 난 마음은 이미 하고 싶은 말이 잔뜩 있다.

"그걸 왜 지금 물어보세요?"

"10년이 넘는 시간을 우리를 똑같은 모습으로 길들여 놓고 이제는 우리가 각자의 꿈을 향해 나아가길 바라시는 건가요?"

"여기까지 오기 전에 단 한 번만이라도 진심으로 뭐가 하고 싶으냐고, 무엇을 할 때가 가장 행복하냐고 물어봐 주시지 그러셨어요."


"이제 우리는 행복해지기 위해서 그럴듯한 꿈을 만드는 법까지도 배워야 할 지경입니다."

# 현재에 머물러라

—

이제야 가장 후회되는 건
나중을 걱정하다 현재를 온전히 즐기지 못한 것.

오늘의 행복보다 나중의 행복이 더 가치 있냐고 물으면 그렇지 않다고 할 거면서.
오늘이 행복해야 내일도 행복하고, 내 삶이 행복할 수 있다는 걸
분명 알고 있는데 알면서 왜 자꾸 똑같은 실수를 하고 있는지.

지금 이 순간은 다시 오지 않는다.
지금을 살자.

현재에 머물러라.

넷.

사랑
소중하기에 아껴주고 싶은 너

# 그 모습 그대로

—

사실은 너무 부러웠어.

항상 여유 있어 보이는 태도,
늘 잃지 않는 미소,
어떤 시련도 가볍게 넘길 수 있는 강인함.

내 눈에는 항상 멋있어 보였으니까.
계속 그렇게 남아줬으면 좋겠어.

밝고 자상하고
제대로 집중하는
멋있는 사람으로.

내가 동경하고 싶을 만큼
반짝반짝 빛나는 산뜻함을 가진 너로
오래도록 남아줬으면 좋겠어.

## 그 어떤 난제일지라도

—

문제가 너무 어려워서

가뜩이나 마음이 심란했거든?

너무 짜증이 나서 화가 날 지경이었는데

그래도 마음 가다듬으면서 잘 풀어보려고 했어.

근데 샤프심이 자꾸만 부러지는 거야.

뭐 좀 쓰려 하면

툭-

딸깍딸깍(샤프심 누르는 소리)

툭-

딸깍딸깍딸깍

툭-


딸깍딸깍딸깍딸깍딸깍딸깍딸깍딸깍


툭-

그러고 나니까 포기하고 싶어지더라.

샤프심마저 날 안 도와주는구나 싶어서.

다 그만두고 싶어지더라.

그래서 그냥 그 책을 덮어버렸어.

문제 따위 아예 보이지도 않게 그냥 책을 덮어버렸어.

그리고선 그날 자려고 누웠는데

눈 감고 잠들길 기다리다가

문득 그냥 덮어버린 그 문제가 생각나더라.

약간 후회되더라고.

그래도 풀어볼걸.

샤프가 안 도와주면 연필이라도

아니 볼펜이라도 꺼내서 풀어볼걸.

중요한 건 샤프가 아니라 그 문제를 푸는 거였는데…….


누구나 인생을 살다 보면

분명 그런 문제가 생길 거야.

풀려고 했다가 상황이 도와주지 않아서

다른 방법도 생각해보지 않고,

최소한의 노력도 하지 않고

그냥 덮어버리는 문제.

그런데 시간이 지나면

그 문제를 못 풀었다는 사실이 아니라

문제를 풀려는 노력조차 안 했다는 사실이 후회로 남아서 너의 밤잠을 설치게 만들 거야.

그러니까 살면서 네가 어떤 문제에 부딪히게 될지는 모르겠지만

쉽게 포기하지 마.

상황이 너를 힘들게 하고 짜증나게 해도

분명 그 문제를 풀 다른 방법이 있을 거야.

조금 더 여유를 가지고

마음을 편하게 먹고

주위를 찬찬히 살피다 보면

그 문제의 해답을 찾지는 못하더라도

네가 그 문제에 최선을 다하는 방법은 찾을 수 있을 거야.

그러면 설령 너의 답이 오답이라 해도

다시 그 문제를 풀 때는

쉽게 정답을 찾아갈 수 있을 거야.

# 그대 웃어요

—

그대 웃어요.

한 번만 웃어줄래요?

아프지 말아요.

짜증 내지 마요.

한숨 쉬지 마요.

나중에 내가 그대 모습을 떠올렸을 때

그대가 날 보고 웃고 있었으면 좋겠어요.

그러니 웃어봐요.

그러면 나 그대 웃음 한 번으로

기분 좋은 하루를 보낼 수 있을 것 같아요.

그대는 내게 소중한 사람이에요.

나한테 아픈 손가락으로 남지 않았으면 좋겠어요.

내 눈물로 기억되지 말아 주세요.

내 미소로 추억하고 싶어요.

내가 힘들어서 고개를 떨굴 때,

나 그대 웃음 한 번으로

기분 좋은 하루를 보낼 수 있을 것 같아요.

# 꽃샘추위

—

구름이 해님 앞을 지나나
바람이 차갑게 느껴지네.
혹시 겨울 추위가 봄이 오는 것을 샘내나.

이내 따뜻한 햇살이 비추는 날
기다리던 네가 내 앞에 나타날 것만 같아.

꽁꽁 얼었던 세상이 풀리고
다시 봄이 오는 것처럼.

# 너를 만나러 가는 시간

—

살랑살랑 봄바람 부네요.
내 맘도 룰루루 기분 좋은
음- 지금은 설레는 오후 여섯 시 반.

노을이 주황빛으로
아니 분홍빛으로
물드는 지금은 오후 여섯 시 반.

살랑거리는 봄바람,
하늘하늘 올라오는 설렘을 느끼며
아름답게 저물어가는 오늘과 함께

이제는 너를 만나러 가는 시간.

# 너를 위한 사람

—

나는 너의 얘기를 들어주고 싶었어.
너에게 좋은 에너지만 주고 싶었어.
늘 웃는 모습만 보여주고 싶었고
긍정적인 말들만 해주고 싶었어.

네가 힘들어할 때면
잠시 쉬다 갈 수 있는 커다란 나무가 되고 싶었고,
네가 속상하고 답답할 때는
뭐든 털어놓을 수 있는 익명게시판이고 싶었지.
네가 비틀거려도
그 뒤에서 딱 버텨주는 버팀목이 되고 싶었어.
아주 좋은 사람이고만 싶었지.

그런데 난 아직 그런 믿음직한 존재가 되지는 못하나 봐.

나는 내 아픔도 내 상처도
어떻게 해야 할지 모르는 어린아이일 뿐이야.

아주 사소한 일에도 심장이 요동치고
화가 나면 어쩔 줄 몰라 하지.
별것 아닌 일에도 눈물을 흘리고
쉽게 지치고 포기하고 싶어 해.
부정적인 생각도 많이 하고
한숨도 많이 쉬어.
너무 힘들고 가슴이 답답할 때는
내 얘기를 들어줄 누군가를 그리워해.

나는 너에게 정말 좋은 사람이 되고 싶은데
그럴수록 난 왜 더 힘이 드는 걸까.
그래서 이제 좋은 사람인 척
밝은 사람인 척하지 않으려고.
일단 나다워지는 것부터 시작해볼게.
비록 내가 좋은 사람이 되지는 못하더라도
정말 나다워져 볼게.
그런 다음에 조금 여유가 생기면
네 아픔도 감싸줄 수 있을 만큼 조금 더 강해지면
그땐 정말 너를 위하는 사람이 되어볼게.
조금만 기다려줘.
꼭 기다려줘.

# 너에 대한 모든 것

—

나는 너를 알고 싶다.

너에 대한 것은 사소한 것이라도 전부 알고 싶다.

너에게 있었던 하루의 모든 일을 나에게 말해줬으면 좋겠다.


나는 너에 대해서 가장 잘 아는 사람이고 싶다.

다른 사람을 통해 너에 대해 몰랐던 사실을 듣게 되면 나는 너무 서운할 것
같다.

가끔 친하다고 생각했던 사람의 알지 못했던 부분들이 나에게 한꺼번에 들
어오면

내가 알던 그 사람이 맞나 싶을 정도로 너무나 멀게 느껴질 때가 있다.

너는 나에게 그런 사람이 되지 않았으면 좋겠다.


그러니까 너의 생각, 너의 마음, 네가 좋아하는 것, 네가 싫어하는 것, 너의
어제, 너의 오늘, 너의 내일에 대해 나에게 전부 가르쳐줬으면 좋겠다.

너와 나 사이의 거리는 단 1mm도 싫다.

# 놀라운 사람

—

넌 진짜 놀라운 사람이야.
어쩜 이렇지?
보고만 있어도 너무 좋아.
너의 장난스러운 말 한마디는
나에게 무엇보다도 큰 힘이 돼.
네 목소리를 듣는 날이면
나는 그렇게 행복할 수가 없어.
너의 그 무심한듯한 말투도
정말 사랑스러워.
너의 손짓 하나 걸음걸이 하나도
놓치고 싶지 않아.
온종일 너에게서 눈을 뗄 수가 없어.
와, 정말
어쩜 이렇게 예쁠 수가 있을까.
온종일 널 보고도
꿈속에서도 널 찾고 있어.
어쩜 이래?
넌 정말 놀라운 사람이야.

# 다시 돌아온 바다

—

부서지는 햇살과 불어오는 바람에 붕-떠오르는 내 기분.
살랑이는 머리칼 속삭이는 파도에 술렁이는 내 마음.


아아, 그대를 찾아 돌아온 이 바다엔
나 혼자 나 혼자.


우리가 남긴 백사장 위 발자국들은 허상처럼 흔적도 없이
함께 사라져버린 우리의 사랑, 추억.


그래도 남아있는 파도가 들려주네.
그때의 설렘과 그때의 묘한 두근거림.


그래도 남아있는 태양이 비춰주네.
그때의 너 그리고 나 아름다웠던.

## 당신에게 보내는 위로

—

그에게는 아무것도 아닌 일이

당신에게는 아주 큰 일이 될 수 있다는 걸 알아요.

그에게는 누구나 겪는 일이라 생각되는 일이

당신에게는 밤잠을 설치게 할 만큼 힘든 일이라는 걸 알아요.

그에게는 마음만 먹으면 떨쳐낼 수 있는 일이

당신에게는 평생의 트라우마가 될 수 있는 일이라는 걸 알아요.

그에게는 조금의 의미도 없는 일이

당신에게는 아주 큰 의미가 있는 일이라는 걸 알아요.

그는 다른 사람도 다 똑같다고 얘기하지만

당신은 그렇게 뻔한 사람이 아니라는 걸 알아요.

당신이 얼마나 열심히 달려왔는지

당신이 얼마나 고생했는지

당신이 얼마나 힘들었는지

당신이 얼마나 노력했는지

나는 알아요.

당신이 느끼는 감정이 유별나지 않다는 걸 알아요.

당신은 충분히 쉬어갈 자격이 있어요.

당신은 충분히 눈물 흘릴 자격이 있어요.

당신은 충분히 투정 부릴 자격이 있어요.

당신은 충분히 멋있는 사람이에요.

정말 수고했어요.

나는 믿어요.

당신은 분명 스스로 다시 일어설 거라는 걸 믿어요.

# 당신이 떠나고 난 후

—

나는 당신을 사랑하지 않았다.
나는 당신을 미워했다.

그래도 우리가 함께한 세월이 길어
미운 정이 들어버린 건지
당신이 없는 이 세상은 생각만 해도 두렵다.
내 공간에 더는 당신이 없다는 사실이
두 뺨에 나를 삼켜버릴 듯한 눈물로 흐른다.
이내 해일 같은 슬픔이 밀려온다.

나는 여전히 당신이 밉다.
그런데 어쩌면 당신을 사랑했는지도 모르겠다.
당신을 너무 많이 사랑하고 있는지도 모르겠다.

# 바보

—

　나에게 너의 존재는 너무나 커서

　너의 말 한마디, 표정 하나, 손짓 하나 그 어떤 사소한 것에도 내 감정이 요동
친다.

　네가 아무리 나에게 상처를 주고 내 마음을 아프게 해도

　어느새 나는 또 너의 목소리를 기다리고 있고 너의 말 한마디에 휘둘린다.

　너에 대한 내 사전에는 "No"란 없는 것처럼 오늘도 너에게 간다.

# 별의 길

—

얼마 전 그 사람이 내 곁을 떠났소.

평생을 함께하자고 약속했는데 우리 사랑의 영원을 약속했는데

운명의 장난인지, 신의 질투인지 한순간의 사고로 그 사람을 잃었소.

그 사람이 없는 이 세상은 나에게 아무런 의미가 없소.

내 꿈이, 내 희망이, 내 삶의 이유가 한순간에 사라져버렸소.

나는 몇 날 며칠을 울기만 했소.

잠도 자지 못하고 밥 한술도 뜰 수가 없었소.

그렇게 슬픔에 잠겨있던 나에게 누군가 말을 걸어왔소.

그자는 내 사람이 깜깜한 밤의 언덕을 넘어갔다고 했소.

밤하늘과 가장 가까이 맞닿은 언덕에 올라가

하늘로 이어지는 높은 계단을 찾으면 그 사람을 따라갈 수 있다고 했소.

나는 깨지 못하는 꿈속에서 헤매듯 언덕이란 언덕은 다 찾아다녔소.

마침내 지금 여기 밤하늘과 가장 가깝다는 곳에 올라왔는데

아무것도 없는 허허벌판이오.

이제 내가 어디로 가야 하겠소?

언젠가 별, 당신은 길을 잃은 사람들에게 길을 알려주는 안내자라 들었소.

당신은 내가 어디로 가야 하는지 알고 있소?

그 사람을 이끈 것도 별이시라면 나에게도 제발 그 길을 알려주오.

# 보고 싶다

—

어느 날 문자가 왔어,
보고 싶었던 이름.

뜬금없는 타이밍에 너무 놀라고 가슴이 설레었어.

조심스레 문자를 열어보니
배고픈 앱에 친구들을 초대한대.

그래도 좋다.
이렇게라도 너를 추억할 수 있어서.

# 보라색 장미
(꽃말: 영원한 사랑 혹은 불완전한 사랑)

—

끝없이 흘러가는 시간에 그대가 내 곁에 있으면

다시 올 수 없는 이 순간을 영원히 내 마음속에.

# 사랑이란

—

누구를 쉽게 좋아하지 않는 내가
좋아하는 사람이 생겼다.

내가 그 사람을 좋아하는 만큼
그 사람도 나를 좋아해 주면 좋겠지만
그렇지 않아도 별로 상관없다.

그 사람이 내 앞에서 웃는 모습만 봐도
나는 행복하니까.

# 사랑해요

—

힘들고 지치고 짜증나는 그대
내게 기대요.

마음 상하는 일
속상한 일
다 털어놔 봐요.

뭐든 괜찮아요.
다 들어줄게요.
모두 잘될 거예요.
그대 걱정하는 일 다 사라질 거야.

그런데 있잖아요,
이제는 나도 많이 힘이 드는 것 같아요.
외롭고 쓸쓸하고
누군지 모를 어떤 이가 그리워요.

아무것도 하기 싫고

삶의 의미가 사라져

무기력해지는 나를 느껴요.


그대의 아픔 내가 들어줄 테니

내 아픔도 가져가 줄래요?


난 강하지 못해

그대에게 내 눈물을 모두 나눠주어서

나 혼자 있는 방에서는 흘릴 눈물이 부족해요.


그대 힘들다고 하지 말아요.

나와 아픔을 공유하려 하지 말아요.

내 아픔도 상처도 감당하기가 너무 힘든데.


난 그대를 사랑해요.

진정 그대의 행복을 바라지만

난 그대와 다른 사람이기에

이젠 나를 놓아줘요.

# 설명이 부족해

—

주저리주저리 말을 늘어놓는 사람보다
말을 아낄 줄 아는 사람이 더 빛나 보여.

군이 모든 걸 설명하지 않아도
그 사람의 평소 행동과 말투, 표정, 분위기로
그가 얼마나 괜찮은 사람인지
아는 사람들은 다 아니까.

네가 딱 그래.

그런데 네가 답답하게 느껴질 때가 있어.
너는 다 좋은데
가끔 설명이 너무 부족해.

# 세상을 마주하기

—

그러지 말자.
우리는 그러지 말자.


세상이 우리를 몰아세워도
알고 있잖아, 정말 중요한 것.


아주 높은 벽들이 우리를 막아서고 가둔대도
알고 있잖아, 정말 소중한 것.


그 무엇도 저 하늘보단 높을 수 없어.


파란 하늘이
떠다니는 구름이
피어나는 꽃들이
다 알고 있잖아.
이 세상에서 정말 가치 있는 게 무엇인지.

모두 우리 편인걸.

포기하지 말고
돌아서지 말고
외면하지 말고
그 진실에 네 마음을 보여 봐.

눈앞에 커다란 장애물이 끝없이 펼쳐진대도
하나씩, 둘씩 뛰어넘어서 앞으로 나아가자.

# 솜사탕

—

오늘도 내일도 모레도 솜사탕 같은 기분으로,
매일 축제가 열리는 환상의 나라에 사는 것처럼.

오늘은 분홍이고 싶고 내일은 하늘이었으면 좋겠어.
그래, 모레는 연두도 괜찮겠어.

늘 달콤하고 폭신한 기분으로
우울은 느낄 새도 없이 사라져.
입가에 웃음이 퍼지는 그런 날들을 살고 싶어.

어김없이 까만 밤이 찾아와도 걱정하지 마.
펑-하고 번쩍이는 불꽃들이 너를 밝혀줄 거야.
그렇게 어두운 시간이 지나고 밝은 아침이 찾아오면
또 솜사탕을 준비하는 거야.
그리고 너도, 나도 행복해지는 거야.

# 안녕, 사랑아

—

어느 봄날
나는 너를 처음 보았지.

그때는 그냥
'정말 멋있는 사람이다.'
하고 생각했어.

그리고 얼마 지나지 않아
우린 다시 만나게 됐지.

어쩌면 인연이라고 생각했어.
이상하게 너랑 자꾸만 마주치게 됐거든.

길을 걷다가도
밥을 먹다가도
아무 생각 없이 앉아있을 때조차도

우연이 계속 반복되니까

인연이라고

운명이라고도 생각했어.


처음에는 그렇게 생각했어.

이렇게 멋진 사람이랑 친하게 지낼 수 있어서 좋은 거라고.


그런데 언제부터인가

너랑 있는 게 불편해졌어.


네 얼굴만 봐도 심장이 떨리고

더 예뻐 보이고 싶고

더 빛나 보이고 싶었어.


바보 같은 실수 같은 건 하고 싶지 않았어.

나는 네 앞에만 서면 조용한 아이가 되어버렸지.

모든 게 좋은 느낌으로 다가왔어.


꽤 오랫동안

널 좋아한다는 걸 알고 있었어.

전하고 싶었어.

내 진심이 닿기를 바랐어.

어쩌면 너도 그럴지도 모른다고 생각했어.

하지만 넌 날이 추워질 때쯤
이내 나에게서 멀어져 버렸어.


이젠 늦은 거지.
늦어버린 거지.


그렇지만
할 수만 있다면
이제라도 말하고 싶어.


정말
널 좋아했다고.

# 안녕하세요

—

당신의 밤은 안녕하신지요.
홀로 외로운 밤을 걷고 있지는 않은지
몰래 눈물을 훔치지는 않는지
잠들지 못한 채 수만 가지 생각을 하지는 않는지.

아무도 당신의 마음을 알아주지 않는 것 같아서
내가 걸어 온 길이 누구를 위한 길이었는지
그 의미가 모호해져서
내가 얼마나 노력하는지 아무도 모르는 것 같아서
나는 이렇게 힘든데 알아주는 사람 하나 없는 것 같아서

화가 나고
속상하고
섭섭하고
허무하고
모든 것이 의미 없다 느끼지는 않는지.

당신은 이런 마음을 누군가에게 꺼내 본 적이 있나요?

눈빛이 아니라

표정이 아니라

침묵이 아니라

내 기분이 어떤지 솔직하게 얘기해 본 적 있나요.

어쩌면 누군가는 당신이 말해주기를 기다리고 있을지도 모릅니다.

분명 속마음을 나눌 순간을 기대하고 있을 거예요.

거절당할까 두려워서

비웃을까 두려워서

무시당할까 두려워서

피하기만 한 건

오히려 당신은 아니었는지.

당신이 누군가의 얘기를

진정으로 들어주고

공감해 줄 준비가 되어있다면

당신 곁에 있는 사람 역시

당신만큼 생각이 깊은 사람일 거예요.

말하지 않으면

그 누구도 알 수 없다는 걸

누구보다도 잘 알고 있을 당신.


당신의 밤이 안녕하길.

# 어느 날

—

"언제 그 사람을 좋아한다는 걸 알게 된 거예요?"

"어느 날. 어느 날이요.
첫눈에 반한 건 아니에요.
처음에는 그 사람에 대해 사랑이라는 감정은 조금도 없었어요.
그런데 어느 순간부터 그 사람이 달라 보이더라고요, 나도 모르게.
자꾸만 눈길이 가고, 생각이 나고, 생각하면 저절로 웃음이 나오고.
그렇게 마음이 조금씩 조금씩 그 사람을 향해 움직이더니
때가 되니까 사랑이라는 느낌이 들었어요."

## 오늘부터 사랑하자

—

오늘이 지나야 내일이야.
근데 내일은 오는 것 같으면서도
항상 한 발짝 앞에 있어.

오늘도 오늘이고
내일도 오늘이고
모레도 또 다른 오늘이야.

오늘이 즐겁지 않은데
어떻게 내일이 즐거울 수 있겠어.

내일은 오늘과 다를 거라고 말하지 마.

너에게 머무르는 모든 순간은 오늘일 뿐이고
오늘 네가 사랑하지 않는다면
평생 사랑이라는 건 네 마음에 담지 못할 거야.

# 운명

—

"포기하지 못하는 건 너의 운명이라고 생각하기 때문이야?"

"모르겠어요. 그냥 자꾸 마음이 가고, 시선이 가고, 벗어나고 싶지가 않으니까 놓지 못하는 것 같아요. 운명이면 좋겠는데…… 아니라면 내 운명으로 만들어볼까 하고 있어요."

# 운명을 기다리다

—

만날 사람은 언젠가는 만난다고.
인연이 되려 하면 어떻게든 이어진다고.
운명의 상대는 꼭 있다고.

혼자에 점점 익숙해져 가는 나에게도 찾아올 사람이 있을까.
인연이 있다고 한다면 또 한 번 기대를 해보고 싶다.
먹먹한 내 세상에 빛을 가져다줄 누군가를.

아무도 내 이름을 불러주지 않을지도 모르겠다고,
누구도 나를 기억해주지 않을지도 모르겠다고 생각하는 나에게
운명처럼 다가와 줄 사람을 조금 더 기다려보고 싶다.

# 트라우마

—

시간이 지나면 깊은 상처도 아물 거라고,
시간이 약이라는 말
정말 그렇더라.

기억이 희미해질수록 상처도 아물어서
나중에는 그런 일이 있었나 싶을 정도로 무뎌지더라.

그런데 가끔 아주 깊은 상처는 흉터가 되기도 하더라.
시간이 지나면 사라질까 했는데
평생 흔적이 남더라.
괜찮다가도 그 흉터를 보게 되면 또다시 아파져 오더라.
그 상처를 입었을 때
그 순간, 그 장면, 그 감정, 그 기억이 떠올라서 또다시 아파져 오더라.

그 흉터는 아마 시간이라는 약은 효과가 없을 거야.
내게 상처를 준 너지만 그 아픔을 지워줄 사람도 너뿐 일 거야.

# 포기만 하지 않는다면

—

힘들고 지치고 무기력하고

아무것도 손에 잡히지 않지만

그럼에도 불구하고 열심히 살아보자.

답도 없는 문제를 직면한 것처럼

좌절감에 빠졌을 때 그럼에도 불구하고 계속 문제를 풀어보자.

내가 처한 상황이

힘에 부치고 감당하기 어려워도

그럼에도 불구하고

웃어보자, 즐겨보자, 최선을 다해보자.

노력을 하든 포기를 하든

어차피 지나가야 하는 시간이라면

아무리 괴로워도

그럼에도 불구하고 끝까지 물고 늘어지자.

그렇게 하다 보면

그렇게 가다 보면

나도 모르게 무언가를 이루게 되더라.

# 한여름 밤의 꿈

—

한여름 밤의 꿈이었다.
머물러 있고 싶은 순간이었지만
지나갈 수밖에 없는 시간이었다.

영원히 너와 내가 같은 향기를 나눌 수 있을 줄 알았는데
이미 우리는 서로 다른 향기가 나기 시작했다.

네가 내 곁에서 오래도록 웃어주길 바랐지만
헤어짐은 너무나도 당연하게 찾아와서
내가 할 수 있는 일은 아무것도 없었다.

하지만 나는 안다.
우리는 여전히 서로를 사랑하고 있음을.

너와 나는 다시 만날 것이다.
그리운 여름밤은 또다시 찾아올 것이다.

# 함께

—

혼자는 싫다.
쓸쓸해하고 외로워하고 몰래 눈물 훔치는 내 모습이 싫으니까.

혼자는 싫다.
내가 기뻐도, 슬퍼도, 힘들어도, 괴로워도 너는 알지 못하니까.

혼자는 싫다.
너와 마주 보고 웃는 그 시간이 더없이 소중하니까.

혼자는 싫다.
너와 함께 하는 모든 순간이 나에겐 가장 의미 있으니까.

혼자는 싫다.
너와 함께 백 년을 살아도 영원보다는 짧은 시간이니까.

혼자는 싫다.
그러니 내가 원하는 매 순간 내가 너를 느낄 수 있기를.

## 후회는 반드시 한다

—

후회하지 않으려고 노력하지 마.

어떤 선택을 하든 후회하지 않는 방법은 없어.

나중에 너무 많이 후회하지 않기 위해 지금 사소한 것 하나에 마음을 너무 써버리면

너의 오늘이 멈춰버릴지도 몰라.

어떻게 해야 될지 모르게 돼버려서 더 힘들어질 거야.


사람은 누구나 실수하고 잘못하기 마련이야.

점점 깨달아가면서 사는 거야.

아무리 순간순간 최선을 다해도 선택하지 않은 것에 대한 후회란 있을 수밖에 없어.

그저 우리가 해야 할 건 나중 일을 너무 걱정하지 말고

지금 이 순간의 감정에 충실하게 살아가면 되는 거야.


후회해도 괜찮아.

에필로그

내 삶을 살아간다
그 여행의 끝에서는 멋있는 어른이 되어있기를 바라며

# 내 삶을 살아간다

—

나는 내 삶을 제대로 살아가고 있는 걸까?

내가 사는 것이 정말로 내 삶인지 문득 의문이 들 때가 있다.

여러 사람과의 관계 속에서 많은 일을 접하며 이런저런 생각을 하고, 때론 벽에 부딪혀 내 뜻대로 하지 못하는 순간들에는 허무함과 상실감에 눈물 흘리기도 한다. 내 삶인데도 온전히 내 뜻대로 살아갈 수가 없어서 무너지고 좌절할 때마다 삶의 의지가 꺾이는 것을 느낀다. 이렇게 괴로운 마음이 드는 것은 아마 내가 원하는 삶을 살고 싶은 간절함 때문일 것이다. 그렇다는 건 나는 온전히 내 삶을 살지 못하고 있다는 것일까?

살다 보면 이런 종류의 의문들을 몇 가지 가지게 되는데 아마 내가 살아가는 동안에는 제대로 된 답을 찾기란 어려울 것 같다. 그래서 나는 인생이란 무엇인가에 대한 그럴듯한 답을 찾기 위해 삶을 여행해보고자 한다. 살아가는 동안에 넘어지거나 쓰러지는 일들도 종종 있겠지만 중간에 멈추지 않고 끝까지 가보면 얻게 되는 것들이 분명 있을 것이다. 내 삶의 끝에서, 길다면 길고 짧다면 짧은 인생을 돌아봤을 때 내가 느끼는 감정이 무엇일지 너무나 궁금하다. 앞으로의 여행에서 지치고 힘든 순간들이 찾아오더라도 스스로 발걸음을 멈추는 일은 없을 것이라고 다짐하며 나는 오늘도 내 삶을 살아간다.

그 여행의 끝에서는 멋있는 어른이 되어있기를 바라며.

—

모두가 나만큼 불행했으면 좋겠다고 말했지만, 사실은 나를 포함한 모두가 진심으로 행복하기를 바란다. 이 책을 읽어 준 독자분들과 진솔한 마음을 나누고 서로를 응원하며 함께 삶을 여행한다면 나도, 지금 이 글을 읽고 계신 여러분도 조금은 덜 외롭고 덜 힘든 하루하루를 보낼 수 있지 않을까 생각한다. 그래서 언젠가 우연히 만났을 때, 서로를 향해 미소 지을 수 있는 여유와 행복이 가득한 삶을 살아가기를 소망한다.

이 책을 읽어주신 여러분, 감사합니다.